LES PRISONNIERS DU VENT

Catalogage avant publication de Bibliothèque et Archives nationales du Québec et Bibliothèque et Archives Canada

Boucher, Bernard, 1950-

    Les prisonniers du vent

    Publ. en collab. avec Oskar.
    Pour les jeunes de 13 ans et plus.
    ISBN 978-2-89647-215-4 (Hurtubise)
    ISBN 978-2-3500-0395-5 (Oskar)

    I. Bally-Kenguet Sokpe, Romain. II. Pinguilly, Yves. III. Titre.

PS8553.O779P74 2009   jC843'.54   C2009-941084-2
PS9553.O779P74 2009

Bernard Boucher remercie le CALQ qui lui a accordé une bourse de voyage lui permettant de se rendre au Festival Livre & Mer de Concarneau, en Bretagne, où le projet du roman est né.

Les Éditions Hurtubise bénéficient du soutien financier des institutions suivantes pour leurs activités d'édition:

— Conseil des Arts du Canada;
— Gouvernement du Canada par l'entremise du Programme d'aide au développement de l'industrie de l'édition (PADIÉ);
— Société de développement des entreprises culturelles du Québec (SODEC);
— Gouvernement du Québec par l'entremise du programme de crédit d'impôt pour l'édition de livres.

Conception graphique: René St-Amand
Illustration de la couverture: Sybiline
Mise en page: Martel en-tête

ISBN 978-2-89647-215-4

Dépôt légal: 3e trimestre 2009
Bibliothèque et Archives nationales du Québec
Bibliothèque et Archives du Canada

Diffusion-distribution au Canada:
Distribution HMH
1815, avenue De Lorimier,
Montréal (Qc) H2K 3W6
Téléphone: (514) 523-1523
Télécopieur: (514) 523-9969
www.distributionhmh.com

Imprimé au Canada
www.editionshurtubise.com

Romain Bally-Kenguet Sokpe
Bernard Boucher
Yves Pinguilly

LES PRISONNIERS DU VENT

Hurtubise

PREMIÈRE PARTIE

1
Toi, négrier !

— À souquer ferme !

Les six marins empoignèrent les avirons et tout de suite la chaloupe prit de la vitesse. Une petite brise de terre courait sur la rade et venait caresser les hommes.

Henri Fougeray ne regardait ni la ville de Lorient ni, là-bas au fond, la citadelle de Port-Louis. Il était tourné vers *L'Églantine*, qui se reposait bien affourchée* sur ses ancres, au mouillage de l'île Saint-Michel. Les voiles de ses trois mâts étaient bien coiffées sur ses vergues.

— Henri, tu sens cela ?

— Oui, René-Louis… l'air de Bretagne est reconnaissable. Même si les fleurs jaunes des ajoncs de chez nous veulent le parfumer d'une odeur de noix de coco !

---

* On lira la définition de quelques mots d'époque, de France, d'Afrique ou du Québec, mots argotiques ou populaires peu usités aujourd'hui, ainsi que des mots appartenant au langage maritime dans le lexique de fin de volume.

René-Louis de Coatarzel se tourna à son tour.

— Beau vaisseau, encore plus beau sans doute, à présent qu'on le quitte.

— Il nous a menés jusqu'au bout des mondes connus… avec lui on a vieilli de presque deux années.

— Sommes-nous plus riches, Henri?

— Nous? Certes non! Les armateurs et tous ces messieurs de la Compagnie vont hériter d'une petite fortune après la vente du *retour des Indes**, mais toi et moi, avec nos quinze cents livres de solde et la gratification du voyage, nous vivrons royalement, un petit moment seulement.

Le maître de nage les interrompit:

— Où qu'on vous dépose, lieutenant?

— À la cale Ory.

— Faudra-t-il vous y attendre longtemps?

— Non. Le lieutenant Fougeray et moi, on embarque sur le *Reste à Terre*.

— Alors bonne chance à vous deux, vous allez y trouver certainement meilleure compagnie que sur notre flûte*.

Tout en continuant à tirer sur son aviron, il partit d'un gros rire. C'est vrai que les lieutenants René-Louis de Coatarzel et Henri Fougeray, comme tous les hommes de *L'Églantine*, allaient un peu oublier les tourments de la mer et les tempêtes si dures qu'ils avaient essuyées. Deux fois, dans l'océan Indien, tous les marins se croyant perdus avaient chanté le cantique de la Vierge de Bon Secours.

Les deux lieutenants avaient fait un beau et grand voyage. Ils revenaient de Canton et de Macao plus savants encore. Il était loin derrière eux le temps où, à quatorze ans, ils étaient entrés au bataillon de la Compagnie des Indes. Depuis, ils avaient navigué comme pilotins* et passé avec succès leurs examens d'hydrographie. Un jour, l'un comme l'autre seraient capitaines.

L'Églantine avait fait une longue escale à Pondichéry avant de gagner le comptoir de Canton. Au retour, c'est à l'île Bourbon* que la flûte s'était attardée, pour faire aiguade* et s'approvisionner en vivres frais. Dans ses cales pleines, elle ramenait des épices et des drogues : du poivre, de la cannelle, du gingembre, de la cardamome, du camphre… Les agents de la Compagnie allaient aussi pouvoir l'alléger de nombreuses autres richesses comme les porcelaines vertes de Kiang-si et celles aux décors « bleu et blanc » fabriquées en Chine du Sud ; la vider de ces étoffes aussi légères que chatoyantes que sont les pékins et les nankins, les mousselines et les madapolams et aussi les soies du Bengale et de Chine ; enfin, pour terminer, lui retirer tous les thés de Ceylan, les cafés de Bourbon ainsi que les bois de teinture. Mille trésors, rien de moins !

Quand ils posèrent le pied sur la terre ferme, ils se regardèrent comme des danseurs surpris que la musique s'arrête d'un coup. C'est René-Louis qui proposa :

— Henri mon camarade, nous n'allons pas nous quitter comme ça, là. Que dirais-tu d'un bon souper ? C'est moi qui offre. J'espère que ces messieurs des ventes tireront un très bon prix des pacotilles que j'ai ramenées pour mon compte.

— Un bon souper...

— Oui, ça nous changera du biscuit gâté dont on nous a gavés à bord, ces dernières semaines.

— J'accepte, et c'est moi qui paierai les liqueurs.

Ils partirent droit devant eux et s'engagèrent dans le plus beau quartier de Lorient. La ville était vivante en cette fin d'après-midi et nombreux étaient ceux venus de Rennes, de Nantes, de Brest, de Paris, et même de Genève et de Bruxelles, pour assister à la fameuse vente annuelle du *retour des Indes*. Parmi eux, les négociants et les armateurs se remarquaient : beaucoup étaient venus en famille. René-Louis et Henri étaient fiers dans leur habit d'officier avec culotte et gilet bleus.

Au coin de la rue du port, ils découvrirent *La Poularde Rousse*, une auberge sur la porte de laquelle était noté : «Ici, chacun mange son content quelle que soit sa faim.»

— Voilà une phrase bien engageante !

— Cordieu, entrons ! J'ai assez faim pour dévorer un veau, une vache et quelques volailles.

Dans la grande salle de l'auberge, seuls deux officiers rouges, officiers du roi, étaient attablés. Ils regardèrent les deux lieutenants, sans répondre à leur salut. Une jeune femme, tablier blanc sur une légère robe de velours noir, les accueillit.

— Bienvenue, messieurs. Ici, les gens de mer sont toujours mieux servis que les autres. Installez-vous.

Elle leur désigna une table près de la cheminée où une grosse bûche se consumait en fumant des saucisses et de l'andouille.

— Que diriez-vous d'une bolée de cidre chaud avant toute chose ?

René-Louis et Henri se regardèrent et, complices, répondirent en chœur :

— Va pour du cidre chaud.

La jeune hôtesse leur sourit et précisa :

— Vous verrez, c'est bien meilleur que l'eau fade que vous avez bue à bord, au milieu de la mer des Indes.

Elle s'éloigna, sautillante dans ses petits sabots.

— Celle-là est bien avenante, ma foi.

— Oui, avenante et un brin malicieuse en plus, affirma Henri.

Le cidre chaud n'était pas mousseux, mais il avait gardé sa couleur dorée.

— Il est bon…

— Oui, et si tu en abuses, il te réchauffera autant l'esprit que le corps.

La servante leur proposa :

— Vous pouvez manger un bon kig ha farz*, du lard rôti avec des pommes de terre aux oignons ou une cotriade*. Tout est bon.

— Un kig ha farz comme à la maison avec un bon bol de bouillon, ce sera parfait pour moi.

— Moi aussi, et nous boirons du vin de Bordeaux.

— C'est un bon choix. Le roi de France, Louis le Bien-Aimé, n'a pas de meilleur repas dans son palais.

En attendant qu'on les serve, René-Louis et Henri sortirent leur pipe.

— Combien de temps allons-nous vivre avec les terriens, René-Louis, trois mois… peut-être quatre ? La Compagnie ne va pas nous laisser moisir sur les quais très longtemps, et nous retrouverons vite les Indes et la Chine.

— Pas moi.

— Qu'est-ce à dire ?

René-Louis prit le temps d'allumer sa pipe, de tirer deux ou trois bouffées, puis il déclara :

— Mon père a eu dix enfants et sa fortune est bornée. Je ne peux compter que sur moi. La Compagnie peut m'offrir beaucoup sans doute, si je suis patient… très patient.

— Beaucoup oui, comme à moi qui ne possède rien de plus que toi!

— Henri, mon camarade, une lettre de mon aîné m'attendait ici. Il a œuvré pour moi comme je le souhaitais...

— Oui?

— Je laisse là la Compagnie. Je gagne Nantes au plus vite et j'embarque dans moins d'un mois comme second capitaine sur le *Vent d'Armor*, un brick* de l'armement de monsieur René Lorinière. Destination la côte d'Afrique avant de rejoindre nos îles à sucre, Martinique ou Saint-Domingue.

— Toi?

— Moi-même qui suis là, face à toi.

— Toi, devenir un négrier!

— Et pourquoi pas? Je gagnerai bien ma vie. On m'assure qu'en plus de mes revenus de second capitaine, je pourrai vendre pour mon compte deux ou trois noirs au moins. Agis comme moi et ta fortune sera faite, avant que tes cheveux ne blanchissent.

— Certes non, ce commerce ne me plaît pas. Jamais je ne vendrai des hommes comme des marchandises.

— Mais, Henri, ce sont des noirs! Tu ne vas pas gémir sur le sort de ces sauvages.

— René-Louis, pour moi un homme est un homme, et c'est le même Dieu qui nous a mis sur terre. Tous, nous devons nous aimer les uns les autres, c'est ce que j'ai appris et c'est ce que je crois.

— Tu fais erreur, Henri. Dieu n'aurait pas pu se tromper à ce point. S'il a voulu que les Africains soient noirs, c'est certainement pour que nous autres, nous les distinguions bien et que nous leur apprenions à travailler. Oui, le travail leur évite de s'entre-tuer. En faisant d'eux des esclaves, nous les sauvons.

— René-Louis, je ne te crois pas.

— Tu verras, tu croiras à ma fortune quand j'aurai un hôtel particulier ici, à Lorient, sur le cours de la Bôve. Mais peut-être que je choisirai de m'établir dans une de nos colonies. Les îles des Antilles sont, dit-on, aussi avenantes que Bourbon ou l'île de France* que nous connaissons.

René-Louis en était encore à justifier sa conduite, en répétant à son ami que, bien qu'issu d'une vieille noblesse, il était sans fortune et qu'il avait été élevé dans une grande médiocrité, quand la servante revint vers eux bras chargés.

— Messieurs, retirez vos coudes de la table et glissez votre serviette dans votre col.

Elle posa sur la nappe blanche un grand plat fumant dans lequel les jarrets de porc et de bœuf faisaient les beaux sur les légumes près du saucisson chaud. Comme prévu, elle ajouta à côté des assiettes deux grands bols de bouillon. Ensuite, elle sortit d'un petit sac de toile le farz gris, brûlant, qu'elle coupa en tranches.

— Mangez tout, ou je vous mets aux arrêts!

— Merci. Voilà de quoi nourrir un ogre, mais ça ne nous fait pas peur.

D'autres clients étaient à présent installés, non loin d'eux, mais ils ne les voyaient pas. Ils avaient «le nez dans leur assiette» et dégustaient un repas comme on ne leur en avait pas servi depuis presque deux années.

Quand la servante leur apporta deux grandes cuillères pour le bouillon, elle les prévint:

— Après cela, je vous offre à chacun une part de gâteau breton au thym et au miel. Pour mieux l'apprécier, vous pourrez me commander une bonne eau-de-vie, si vous voulez.

Elle s'éloigna et René-Louis affirma:

— Vraiment, ici on est mieux servi qu'on ne l'a été à la table du capitaine.

À nuit fermante, quand ils se quittèrent, ils se serrèrent dans les bras. Henri dit à René-Louis:

— Je te souhaite beaucoup de succès, mais je n'approuve pas ton choix. N'oublie pas: si un jour nous naviguons de nouveau ensemble, tu seras toujours mon ami.

C'est à peine si René-Louis avait pris le temps de séjourner trois jours pleins dans le vieux château familial à Vallet. À son arrivée, plusieurs de ses frères et sœurs ne l'avaient pas reconnu. C'est vrai qu'il avait mûri pendant tous ces mois d'absence. Il était passé presque directement du monde de l'enfance, et de ses jeux anodins, dans celui des hommes durs qui s'exposent à travers les mers.

Il avait raconté à chacun son long voyage et surtout montré ses peintures et dessins. C'était un artiste, ça se savait dans la famille, mais là, feuille après feuille, chacun découvrait son talent en admirant aussi bien des paysages en couleurs que les portraits des indigènes de Ceylan, de la côte de Coromandel ou de lointains ports situés au bout du bout du monde…

À Nantes, il prit une chambre dans la rue Ancin à trois pas de la rivière de Loire. Dès qu'il s'y fut installé, il respira la bonne odeur du café que l'on faisait griller non loin de là. Ce matin, il avait rendez-vous avec monsieur Lorinière, l'armateur dont les bateaux réalisaient déjà quelques voyages triangulaires et de nombreux voyages en droiture*, vers les îles.

Il s'éloigna de la Loire et de la Fosse*, où des gens de mer de toutes races allaient et venaient, au milieu des enfants trouvés reconnaissables à leur bonnet bleu. Ceux-ci travaillaient simplement à trier des marchandises. Il marcha un peu et c'est un calfat* qui lui indiqua la belle maison de monsieur Lorinière.

— C'est là, juste au début de la rue Kervégan. Probable que l'on peut y entrer aussi par l'autre côté, quai Turenne.

Il y fut en quelques pas. Il poussa la lourde porte juste au moment où, dans le lointain, les cloches de l'église Sainte-Croix appelaient les fidèles à une messe des matines.

Un gardien l'invita à monter le grand escalier et à se présenter au premier étage. Là, on l'introduisit dans une vaste pièce où le parquet brillant et sombre semblait avoir été astiqué au jus de mangue. Il attendit en regardant par la fenêtre, au loin, les portefaix qui déchargeaient sur le port au vin le clairet qui venait sans doute de chez lui, de Vallet.

Une porte s'ouvrit, il se retourna et se trouva face à monsieur Lorinière, qui tout de suite l'invita à s'asseoir.

— Donc, vous êtes lieutenant et vous avez navigué sur les mers orientales.

— C'est cela même, monsieur.

— Lieutenant, je tiens votre frère en grande estime. C'est un savant qui en sait plus sur les plantes que tous les jardiniers du roi réunis. Je l'ai connu au jardin botanique, à qui j'ai l'honneur d'offrir des plants de diverses sortes que ramènent à l'occasion mes bateaux. Il m'a parlé et j'en sais assez sur vous pour vous choisir comme second capitaine. C'est ce que vous attendiez, je crois?

— Oui monsieur. Merci.

— Ne me remerciez pas. Je connais les hommes, je les devine. J'ai confiance en vous.

Il frappa dans ses mains et une très jeune fille se présenta.

— Anne, sers-nous du chocolat. Vous aimez le chocolat, monsieur de Coatarzel?

— Beaucoup.

— J'avoue que moi aussi. Nos colonies ne nous fourniraient que du chocolat que je serais heureux qu'elles existent. Monsieur de Coatarzel, le *Vent d'Armor* est ancré aux Quatre-Amarres, à Paimbœuf. Je vous conseille de vous y rendre au plus vite. Vous pourrez surveiller les opérations relatives au grée-ment* et au chargement des marchandises. Vous serez le premier officier à rejoindre le bord.

— Monsieur, je prendrai le temps demain de me pourvoir en cartes, livres et instruments appropriés à mes responsabilités. Dans deux jours, je serai à Paimbœuf à bord du navire.

— Voilà qui est bien.

La petite Anne entra après avoir frappé et laissa un plateau sur lequel fumaient deux grandes tasses de chocolat. Sur deux assiettes étaient pliées des petites crêpes saupoudrées de sucre.

— Servez-vous et savourez.

Avant de se servir lui-même, monsieur Lorinière précisa :

— Vous m'excuserez, mais je ne parle pas la bouche pleine.

Doucement, ils burent leur tasse et mangèrent les crêpes.

— Est-ce que c'était bon ?

— Délicieux.

— Oui. Du chocolat, du sucre, de la bonne farine et du bon lait, c'est assez pour que le monde soit beau !

Il se leva, fit trois pas vers la porte qu'il ouvrit.

— À vous revoir, monsieur de Coatarzel. Je serai à Paimbœuf la semaine prochaine quand le capitaine Kermarec aura rejoint le bord.

2

L'initiation de Koukoulou

Le village de Pindiri-Kodro, sur les bords de l'Oubangui, était depuis toujours gorgé d'un pouvoir mystique. En haut de la colline glissant vers les rives du fleuve, des huttes en feuilles et de minuscules cases rondes en torchis, aux toits coniques, siestaient sous le soleil. Ses habitants, aussi bien les femmes que les hommes, torses et jambes nus, étaient simplement vêtus de cache-sexes faits d'écorces d'arbres. Ils vivaient de cueillette et de chasse sans avoir besoin de beaucoup pénétrer dans la forêt pour se nourrir. Ceux qui avaient faim contournaient leurs cases et soufflaient dans un sifflet secret. À cet appel, un abondant gibier accourait. D'une flèche, ils pouvaient alors tuer un phacochère ou une antilope ou même un buffle.

À Pindiri-Kodro, chacun avait besoin de son voisin, ce qui explique pourquoi les marmites en terre cuite, les animaux domestiques autant que les enfants appartenaient à la communauté. Les soucis et les peines des uns étaient l'affaire de tous. Entre les murmures et les confidences, un terrible petit peuple invisible de nganga* et de likoundou* jeteurs de sort, guérisseurs de maladies insoignables, faiseurs de pluie et de foudroyants orages, s'était installé pour partager la vie des humains. Souvent, quand le village sommeillait, c'est la forêt Gbazabangui qui se réveillait. Des martèlements de tam-tams mêlés à des chants lugubres et à d'intarissables bavardages se faisaient entendre. À croire que les arbres savaient parler. Toujours, les mystérieuses percussions redoublaient d'intensité à mesure que la nuit avançait. Heureusement, les esprits protecteurs du village avaient mille paires d'yeux et veillaient. Les habitants de Pindiri-Kodro connaissaient la langue secrète des yanda*, les esprits qui peuplent la forêt. Un non-initié n'avait pas le droit de traverser le fleuve et encore moins de pénétrer, le soir, la forêt de Gbazabangui. S'il bravait l'interdit, il risquait les pires malheurs.

Le vieux Babamokodji était le chef suprême qui régnait sur Pindiri-Kodro. À son âge, il avait connu de très nombreuses saisons des pluies. Les yanda l'avaient désigné à la tête de son peuple, en présence des anciens, après huit jours de rites dans les gorges de la forêt sacrée. Parce qu'il était bon et proche des siens, sa bouche-parole était très écoutée. Un jour, un garçon qui sortait tout juste de l'enfance s'arrêta devant sa case et vint le saluer.

Il se nommait Koukoulou. Le vieux Babamokodji le reçut avec émotion, d'autant plus qu'il n'était pas sans connaître les rumeurs qui entouraient la naissance du garçon : Koukoulou aurait eu une naissance miracle-oracle. Il serait venu de loin… On disait que sa mère, Zozophinie, avait été grosse quatre fois plus longtemps que n'importe quelle autre femme. Koukoulou était-il resté coincé dans le ventre de sa mère ou avait-il préféré attendre avant de naître ? Comment savoir ? Certains ont prétendu qu'au village, un personnage étrange, cachant ses deux ventres et ses trois yeux, aurait pincé plusieurs fois ses fétiches pour que l'enfant de Zozophinie ne voie jamais le jour. Zozophinie fut si longtemps, et plus qu'aucune autre femme, torturée par les douleurs de l'enfantement, que l'on compta trente fois le lever et le coucher du soleil pendant qu'elle souffrait. Le père, Massaragba, avait assisté impuissant aux douleurs de sa femme sans savoir quelles paroles prononcer pour qu'elle ne souffre plus.

Enfin, on entendit le linga* pleurer à plusieurs reprises comme il le faisait chaque fois qu'il annonçait une naissance. Tout Pindiri-Kodro dansa. Le nouveau-né fut présenté aux dieux protecteurs de la tribu des Ngbakas*. Au bout de huit jours et de huit nuits de rites au plus profond de la forêt sacrée, les yanda donnèrent un nom à l'enfant. Ils choisirent de le nommer Koukoulou.

22

Les années passèrent. Koukoulou était le plus grand de tous ceux de sa classe d'âge. Malgré sa taille, il ne pouvait accompagner son frère aîné, Kombo-Nzombo, partout où il l'aurait voulu, n'étant pas encore initié. Le garçon attendait avec impatience le jour où il deviendrait l'égal du plus fort et du plus rusé de tous les chasseurs de Pindiri-Kodro. Comme lui, il aurait voulu s'enfoncer dans la forêt Gbazabangui pour pactiser avec les mimbo*, les esprits du piégeage. Mais c'est à son père, Massaragba, qu'incombait le devoir de transmettre à Koukoulou les secrets de la terre, des arbres, du fleuve, du ciel et même des nuages. Massaragba le ferait pour lui comme il l'avait fait pour Kombo-Nzombo.

Le jour venu, après avoir mangé une grosse boule de manioc qui restait du repas de la veille, le père et le fils partirent tôt le matin pour un voyage au plus profond de la forêt sacrée. Le vieux Massaragba devait préparer mystiquement son jeune fils à quitter le monde de l'enfance. Il commença par mettre ses pas dans ceux de son fils. Arrivé au seuil de la mystérieuse forêt qui ceinturait Pindiri-Kodro, Koukoulou eut soudainement l'impression que les arbres se serraient les uns contre les autres devant lui pour lui bloquer le passage. Surpris, il se tourna vers son père qui souriait. Massaragba lança :

— Mais… marche, on y va, non ?

Koukoulou ne comprenait pas. Il regarda ce qui avait les apparences d'une muraille de troncs, et il bredouilla :

— Tu vois, baba, les arbres refusent qu'on…

Massaragba l'interrompit aussitôt :

— Chuuut! souffla-t-il. Quand tu parles, ici, dans la demeure des yanda, parle bas. Mais le silence est mieux. Compris?

Koukoulou fit oui de la tête. Son père passa devant lui et prononça des paroles dans une langue qui se révéla toute nouvelle aux oreilles du garçon. Il vit ses lèvres bouger imperceptiblement. Alors, incroyable! Les arbres s'écartèrent. Le père et le fils, sans ajouter un mot, reprirent la piste. Des bruits se faisaient entendre à chacun de leurs pas. À gauche, à droite, devant ou derrière, Koukoulou était tout yeux, mais il ne voyait rien ni personne. Son père força l'allure et le distança. Tout à coup, Koukoulou hurla de frayeur : un léopard venait de surgir devant lui. Interdit, il se figea, aussi immobile qu'une termitière. Le vieux, qui se trouvait à une cinquantaine de pas devant, s'arrêta à son tour, se retourna et l'appela.

— Allez! Viens.

Toujours sous l'effet de la peur, Koukoulou tenta de faire un geste pour désigner du doigt l'animal qui avançait vers lui. Il aurait voulu crier. Voyant ce qui se passait, Massaragba fit vite demi-tour tout en psalmodiant des incantations qui immobilisèrent l'animal. Il s'en approcha pour caresser la fourrure du fauve qui ronronna. Tremblant, Koukoulou n'en croyait pas ses yeux. Son père s'adressa au léopard, qui se leva pour marcher avec eux avant de disparaître. L'animal parti, Massaragba dit simplement à son fils :

— Laisse-moi t'apprendre que le père du père du père du père de mon père, qui était donc ton arrière-arrière-arrière-arrière-grand-père, quand il est mort, ne fut jamais enterré. La légende de notre famille dit que son cœur, à peine avait-il cessé de battre, s'était métamorphosé en léopard. C'est donc lui qui est venu à notre rencontre. Tu ne dois jamais tuer ou manger un léopard.

Koukoulou avait écouté sans bouger.

Ils continuèrent sur la piste s'ouvrant devant eux. Au bout d'une longue marche, le père s'arrêta brusquement. Il huma l'air à gauche, puis à droite, regarda le sol et le ciel. Enfin, il se dit à lui-même : « C'est ici que nous allons dresser le campement. » Il demanda à son fils de couper des branchages et de construire une hutte de fortune. Koukoulou se mit au travail sans dire un mot. Rapidement, une petite cabane fut terminée. Le Vieux savait que l'initiation du fils pouvait commencer, à présent.

Koukoulou avait la réputation au village d'avoir un appétit de géant. On disait de lui que, gourmand, il mangeait comme dix. Pour l'éprouver, Massaragba lui remit une grosse marmite en terre cuite et lui demanda de préparer de la feuille de manioc. Quand le repas fut prêt, il lui ordonna :

— Vide-moi cette marmite, vite ! Mange.

Koukoulou obéit. Il fit de son mieux, mais c'était difficile, il y en avait trop. Son père le menaça avec un fouet : il fallait qu'il finisse tout, tout ! Malgré les menaces, Koukoulou en laissa une bonne part. Massaragba mangea la part que lui avait laissée son fils, mais le fouetta quand même. Ce premier séjour en forêt dura dix autres jours, remplis de nombreuses épreuves pour Koukoulou, parmi les bêtes sauvages qui écorchaient le monde de leurs cris.

Le père et le fils retournèrent souvent dans la forêt, où Koukoulou apprit la science des fétiches, ainsi que celle des plantes qui effacent le venin des serpents, des apprentissages qui le faisaient grandir aussi bien qu'une nouvelle circoncision. Plusieurs fois, pour éprouver le courage du fils, le père le lança seul au-devant de ce qui aurait pu être un lion, un buffle sauvage, un crocodile même.

Un jour, alors que Koukoulou marchait seul en forêt, un serpent plus gros qu'un boa surgit et s'enroula autour de son corps. Le mouvement de la bête fut si rapide qu'on eût pu croire qu'elle avait plusieurs têtes. Le serpent serra pour étouffer. Pendant quelques secondes, Koukoulou glissa vers la mort jusqu'à ce que son père, surgi de nulle part, parle à l'animal comme il savait parler aux arbres.

L'horrible bête se détacha tout doucement de l'enfant et disparut dans un buisson.

Au fil des jours, Massaragba enseigna de nouveaux secrets à son fils. Il arriva, un soir, alors qu'ils étaient loin de la hutte que Koukoulou avait construite, que le père soit fatigué. Il s'allongea au pied d'un arbre et envoya son garçon lui chercher de l'eau. À peine Koukoulou avait-il découvert un marigot qu'il se retrouva nez à nez avec une lionne rugissante qui bondit vers lui. Armé de sa sagaie empoisonnée, il visa, puis tira. Mais l'arme refusa de partir. Alors, sous l'effet d'une force mystique, il se trouva paralysé. La lionne le terrassa violemment au sol. Koukoulou se préparait à mourir dans la gueule et sous les pattes de la bête. Quand il revint de ses émotions, la lionne s'était métamorphosée et c'est son père qui lui apparut. Il dit tout simplement à son fils :

— Allons, debout. Allons-y…

Cet âge de l'initiation fut un grand moment dans la vie de Koukoulou. La difficulté des épreuves lui permit de surmonter ses peurs, ses douleurs. Il apprit beaucoup. Chaque jour de cet apprentissage, Massaragba l'enduisit de poudre de sabots de buffle calcinés, de griffes de léopard ou de lion. Il lui remit de nombreux fétiches en lui disant qu'avec un seul d'entre eux, il pourrait tuer un éléphant ou un félin. Koukoulou apprit aussi le secret qui permet à un homme de voler après avoir parlé au vent.

Le vent!

Vers la fin, Massaragba lui confia ceci :

— Chaque bruissement du vent, chaque balancement des arbres, c'est le souffle des yanda.

Enfin, le dernier jour de l'initiation arriva. Celui qui marque la rupture entre l'avant et l'après. Tandis que le soleil était au milieu du ciel, le père demanda au fils de s'asseoir dans l'herbe devant lui. Il prononça alors des paroles dans la langue qu'il employait pour s'adresser aux yanda. Des paroles qui eurent pour effet d'engourdir l'esprit de Koukoulou. Dans cet état, il lui sembla que la main de son père s'était élevée et qu'un seul de ses doigts avait suffi à lui retirer l'œil droit de son orbite. Massaragba raconta plus tard qu'il avait fendu cet œil en deux à l'aide d'une fine lame pour y saupoudrer une mixture noire avant de le recomposer et de le remettre en place. Koukoulou dormit pendant trois jours et trois nuits, respirant avec peine. Pendant que le fils restait allongé en dehors du monde, le père enduisait son corps de pommade et de poudre. Dans son sommeil, Koukoulou effectua un voyage dans le monde des ténèbres. Là, il fit allégeance à son ancêtre devenu léopard, qui lui accorda sa reconnaissance. À son réveil, le garçon appartenait désormais au monde des grands, dont on disait qu'ils pouvaient voir une mouche noire dans la nuit noire.

Le vieux Massaragba sentit un jour qu'il avait beaucoup duré en ce monde et qu'on l'attendait là-bas où il pouvait partir sans crainte. Il le pouvait parce qu'il avait transmis à ses fils Kombo-Nzombo et Koukoulou tous ses pouvoirs. À présent, le fleuve et la forêt seraient leur guide.

Un matin qu'il se sentit vieux-vieux, comme on disait chez les Ngbakas, le père ramassa sa sagaie, son arc et ses flèches et disparut dans la forêt sacrée pour rejoindre le monde invisible de ses ancêtres. À compter de ce jour, les deux frères devinrent inséparables. Tous les habitants de Pindiri-Kodro savaient que, malgré son jeune âge, les yanda désigneraient un jour Kombo-Nzombo pour qu'il soit le chef suprême du village. Mais les esprits seraient bien ennuyés tellement Koukoulou et lui se sentaient proches l'un de l'autre, aussi proches que s'ils avaient été des jumeaux.

3

À bord du *Vent d'Armor*

René-Louis prit tôt le matin une voiture pour descendre jusqu'à Paimbœuf. Comme les autres passagers, il sommeilla pendant ce bref voyage. Le cocher fit trotter ses chevaux du rocher de Chantenay jusqu'aux Quatre-Amarres.

Le printemps arrivait, l'air était doux et le soleil n'était pas encore au plus haut du ciel quand il récupéra son coffre, à l'arrivée.

— Confiez-moi vos bagages, capitaine, j'en fais mon affaire.

Capitaine! Le portefaix qui attendait avec son capuron* sur la tête était le premier à lui offrir du « capitaine ». Il sourit et ordonna :

— Tu prends mon sac de cuir, là, et mon coffre. Tu portes le tout à bord du *Vent d'Armor* et tu auras gagné cinquante sous.

L'homme s'empressa de descendre le coffre de la voiture. Cinquante sous! Il allait obtenir pour une seule course deux fois plus qu'il n'avait gagné depuis deux jours! René-Louis le suivit. Il cueillit une petite fleur de lait qui dans un fossé annonçait discrètement les beaux jours.

Aux Quatre-Amarres, on s'activait de tous les côtés. Le *Vent d'Armor* n'était pas le seul navire qui se préparait à affronter l'océan.

La première chose que fit René-Louis, après avoir posé le pied sur le pont, ce fut de s'adosser à la lisse* et de lever les yeux au ciel pour admirer les deux mâts du brick. Leurs voiles étaient ferlées* et on aurait dit des géants immobiles, priant les bras en croix. Un homme vint vers lui. Solide sur ses jambes, il était voûté, comme les marins habitués depuis leur première jeunesse au peu d'élévation des logements qui se trouvent dans les navires. Il avait un visage franc éclairé par des yeux bleus qui semblaient usés par les vents.

— Bien le bonjour. Je suis Fernand Turpin, maître d'équipage*.

— Bonjour. Je suis René-Louis de Coatarzel…

— Second capitaine…

— C'est cela même.

— Je vous attendais. On m'a fait dire que vous seriez à bord aujourd'hui. Installez-vous, votre chambre vous attend.

— Savez-vous quand les autres officiers gagneront le bord?

— D'ici trois ou quatre jours tous les hommes seront là, officiers et matelots. Pas plus tard que lundi le capitaine Kermarec nous commandera.

René-Louis s'installa très vite. Il avait hâte de visiter le navire qui, au premier coup d'œil, lui avait fait bonne impression. Certes, ce n'était pas un de ces gros vaisseaux de la Compagnie des Indes, mais le *Vent d'Armor* était presque neuf. Il n'avait fait qu'un seul voyage aux îles et venait d'être radoubé*.

— Monsieur Turpin, dites-moi où nous en sommes du chargement des marchandises. Je veux tout voir de mes propres yeux et, sans vous offenser, je veux vérifier comment tout ce qui est à bord est arrimé.

— Monsieur, nous avons dans nos cales tout le biscuit, toute la farine, et la totalité de nos barils de bœuf salé et de morue. Nous ne mourrons pas de faim avant longtemps !

René-Louis consultait le registre sur lequel tout était noté. Turpin reprit :

— Les légumes frais et le beurre arriveront le jour du départ. Pour l'heure, c'est au tonnelier de suer. Il vient de commencer à embarquer ses barriques.

— Allons le voir.

Le tonnelier, René-Louis le savait, ce n'était rien de moins qu'un délégué du bon Dieu. L'eau ! Que faire si l'eau manque à bord quand on a cinquante hommes d'équipage qui ont soif et trois cent cinquante noirs qu'il faut garder vivants pour la vente ?

Hervé Quéméner était tout en muscles. Sa chemise ouverte laissait voir une touffe de poils noirs. Quand René-Louis s'approcha de lui, il ôta le bonnet de laine rouge qu'il portait comme les matelots.

— Bien le bonjour, fit René-Louis. L'eau est toujours plus importante que le vin à bord, et j'ai tendance à croire qu'un tonnelier compte autant que le capitaine.

— Voilà qui est bien dit. Le vin de Bordeaux est déjà sous nos pieds, à fond de cale, et j'ai fait embarquer depuis trois jours deux cents de nos trois cent trente-cinq tonneaux d'eau.

— Trois cent trente-cinq !

— Oui, pas un de moins. Mais je connais le capitaine Kermarec, j'ai déjà navigué avec lui. J'embarque cent tonneaux pleins seulement. Nous ferons certainement escale au Cap-Vert, en rade de Praïa. Vous le savez, l'eau devient vite rousse et puante en mer, et il faut la filtrer, ce qui ne l'empêche pas de rester fade. Nous remplirons douze tonneaux à Praïa. Là-bas, l'eau est aussi pure qu'ici et l'équipage bénéficiera d'eau fraîche, officiers et matelots.

— Voilà une louable attention.

— Le plus dur sera de faire de l'eau sur la côte d'Afrique quand nous aurons tous nos nègres, mais j'en fais mon affaire.

— Je vous crois.

— Le capitaine Kermarec vous surprendra. C'est un marin qui a de l'aplomb, de l'expérience et beaucoup de sang-froid. C'est un vrai meneur d'hommes et un bon commerçant.

— Fort bien.

— Monsieur, je me remets à la tâche. J'aimerais que toutes mes barriques soient à bord d'ici demain soir, y compris l'eau-de-vie d'Armagnac dont l'armateur a prévu vingt-cinq ancres* pour la traite.

Il rejoignit le novice* du bord qui se reposait un peu, le corps affalé sur une futaille*.

Quéméner reprit son travail. Turpin partit de son côté. Il avait à embarquer la nourriture prévue pour les noirs, riz et fèves, au plus vite.

Toutes les marchandises de traite attendaient dans un entrepôt. Il ne fallait pas perdre une minute. Le capitaine voudrait certainement profiter du jusant* de l'une des grandes marées pour lever l'ancre, glisser sur la Loire et gagner la pleine mer.

René-Louis partit inspecter la soute à voiles pour commencer. Tous les effets de marine étaient correctement rangés, voiles, cordages, goudron. Il passa à la soute aux poudres. Il voulait pouvoir rendre compte de l'état du navire et de la cargaison dès l'arrivée du capitaine. Sa première tournée à bord lui permit de connaître les matelots qui, presque tous, étaient bretons. Seuls deux arrivaient de Vendée, un de Normandie et un de Paris. Il s'attarda avec le coq* du bord et avec le maître charpentier dont l'aide embarquait pour la première fois. Le coq clampinait sur une jambe! Il avait longtemps gambillé dans les haubans* et sur les vergues mais, un jour de grosse mer, il s'était étalé sur le pont, après s'être quand même retenu aux enfléchures*. Sa cuisine, de l'avis général, n'était pas des plus mauvaises! Jo Le Guillou, le charpentier, était un Nantais au teint rouge et aux grosses mains. Dans un corps d'ogre, il avait une petite voix douce et aimable. Il informa René-Louis :

— La vergue sèche du grand hunier* et le mât beaupré* sont aussi neufs que le mion* qui est mon apprenti. Je les ai taillés dans des arbres français rebutés par la marine du roi. À croire que leurs charpentiers n'ont jamais parlé aux arbres, qu'ils ne les ont jamais écoutés, jamais vus grandir, pour nous laisser le meilleur choix!

— Que puis-je faire pour vous être agréable?

— Rien pour le moment, monsieur. Moi et mon aide allons bien sagement ranger à bord les planches qui nous serviront sur la côte d'Afrique pour construire la rambarde au pied du grand mât.

Ce premier soir quand René-Louis s'allongea sur son cadre*, il rêva un peu avant de dormir. Il passa en revue dans son esprit tous les hommes du bord avec lesquels il avait parlé. Tous semblaient avoir des qualités, et le jeune âge de chacun était une chance pour un voyage dur, plein de dangers. Il avait dîné avec le charpentier, le tonnelier et le maître d'équipage. Ceux-là avaient déjà une belle expérience de l'océan et ils aimaient naviguer. Ce n'était pas la misère à la ferme qui les avait poussés vers les durs métiers de la mer.

Dès l'aube, dans la fraîcheur d'une petite brume qui mit du temps à se dissiper, René-Louis surveilla le chargement de toutes les marchandises de traite, déjà bien emballées. Il prit personnellement soin des petits barils de poudre, des fusils, des mousquets et des couteaux flamands au manche en bois. Les matelots entassèrent avec soin les ballots de textile. Il y avait là de la laine filée, des toiles de Cholet, toutes sortes de guinées bleues de l'Inde, du salampouri*, des mouchoirs de Morlaix… Les hommes travaillaient dur, allant et venant, presque tous pieds nus. On aurait dit des danseurs exécutant sans musique un ballet bien réglé. Certains pliaient sous le poids des bassines et des chaudrons de cuivre, des barres de fer, des pots d'étain.

Le jeune pilotin, Tanguy Coatmeur, qui venait de gagner le bord, inscrivait tout ce que lui dictait René-Louis : boucauts* de tabac, miroirs, papier à écrire, chapeaux, bonnets de laine, draps, clochettes de cuivre, ciseaux, peignes de corne, cauris*… L'armateur, monsieur René Lorinière, avait bien fait les choses : il savait que, pour traiter au mieux, il était nécessaire de proposer des marchandises hétéroclites, comme les aiment les rois noirs.

L'enseigne* et le chirurgien montèrent ensemble à bord. René-Louis les salua quand Fernand Turpin, qui avait porté une partie de leurs bagages, les lui présenta.

— Je vous souhaite bon vent et belle mer à bord du *Vent d'Armor*, messieurs. Il me semble être un bon navire.

— Il l'est, affirma le maître d'équipage.

Le chirurgien lança :

— Nous nous retrouverons ce soir à la table du capitaine. Il arrive, il est juste derrière nous avec monsieur Lorinière.

C'était exact, il arrivait. Il avait belle allure, dans son habit blanc et vert et ses souliers à boucle. Il avait les cheveux au vent, comme si déjà il était prêt à provoquer les éléments. Il parlait en riant avec l'armateur. Dès qu'il fut à bord, il salua les hommes de l'équipage qu'il connaissait, ceux qui avaient fait avec lui le précédent voyage de traite. Il vint vers René-Louis, qui était toujours assisté du jeune Tanguy.

— Monsieur de Coatarzel, je devine que vous avez bon pied et bon œil. Je suis heureux de vous avoir près de moi. Dès que j'en aurai fini avec monsieur Lorinière, qui est pressé de regagner Nantes, nous nous verrons.

Il s'éloigna vers la grande chambre, suivi de l'armateur. Sa seule présence avait changé la vie du bord. Les hommes qui continuaient à porter, à ranger, à entasser, entonnèrent un chant de gaillard d'avant*.

En fin d'après-midi, alors qu'une petite pluie fine commençait à tomber, on chargea à bord les légumes frais, quelques volailles et un cochon de lait. Le maître d'équipage, qui présidait à l'installation de la basse-cour, leva la tête quand René-Louis arriva. Il lui précisa :
— Il y aura des œufs frais, de la poule au pot, de la poule au riz…
— Nous en aurons besoin. Nous avons plusieurs mois à passer sur ce navire et chaque jour nous devrons renouveler nos forces.
— Alors, le capitaine… comment le trouvez-vous ?
— Très bien. Il m'a fait un accueil fort gracieux. Jamais je n'ai vu un homme plus attaché à ses devoirs. Il veut que nous prenions le vent après-demain.
— Fort bien, mais c'est le vent qui décidera.

Le capitaine, qui avait tout son monde à bord, avait exigé ce soir-là un repas de fête pour encourager tout autant les matelots que les officiers, sans doute. Le coq montra à tous son savoir-faire. Il avait été assisté par le novice et l'apprenti charpentier. L'équipage dégusta de la saucisse et des pommes de terre toutes nouvelles, cuites dans la graisse de porc, chacun eut droit à une pinte de vin et à une double ration de tafia*, l'eau-de-vie des Caraïbes. À la table du capitaine, René-Louis, le chirurgien, l'enseigne, le maître d'équipage, le tonnelier, le maître charpentier eurent à savourer de l'agneau rôti. Tous les hommes du *Vent d'Armor* achevèrent leur repas par des crêpes qui arrivèrent toutes chaudes d'une auberge de Paimbœuf.

À table, le capitaine détailla les ordres qu'il avait reçus. Ils navigueraient à la côte d'Afrique pour atteindre l'île de Gorée* et y traiter le maximum de noirs. Si besoin, ils descendraient plus au sud, jusqu'à Ouidah*, où les rois noirs étaient toujours bien organisés pour vendre ceux de leur race. Il leur faudrait acquérir au moins deux cents hommes, soixante ou soixante-dix femmes et le reste en négrillons et négrittes*.

— Je ne veux perdre aucun homme d'équipage et quand nous naviguerons vers les îles, je ne veux perdre aucun noir. Chaque mort, c'est un peu d'argent qui s'envole, et nous commerçons pour gagner le maximum.

Tourné vers le chirurgien et le charpentier, il précisa :

— Il faudra que les noirs soient bien aérés, qu'ils mangent assez et qu'aucun d'entre eux ne succombe à la mélancolie.

Enfin, il fit face à René-Louis et lui dit :

— Vous étiez lieutenant pour la Compagnie des Indes, vous êtes donc un savant. C'est à vous, monsieur, que je vais confier l'essentiel de la navigation. Vous m'en rendrez compte chaque jour. Vous êtes second capitaine et à présent retenez que vous êtes comptable, autant que moi, de la bonne marche du navire et de la réussite de notre voyage. Je suis le maître à bord, mais sachez qu'un maître ne suffit jamais. Ceux qui ont affronté l'océan ont appris que les savoirs de tous sont nécessaires pour arriver à bon port. Messieurs, je vous offre une eau-de-vie d'Oléron, c'est du bon. Elle vous donnera des couleurs autant que le vent frais que nous attendons.

Il passa la bouteille au maître d'équipage qui fit le service. Tous ensemble, ils burent cul sec leur petit verre.

Ils avaient attendu quelques heures en petite rade et une gentille brise avait bien voulu venir accompagner le jusant. Il n'était pas neuf heures encore quand ils commencèrent à glisser sur la Loire. Le capitaine était près de l'homme de barre. Il veillait à tout. Dès qu'il aperçut la mer, il se frotta les mains et ordonna à René-Louis :

— Je sens le vrai vent qui arrive, il va devenir maniable, faites établir les basses voiles et les huniers.

Le *Vent d'Armor* eut un débouquement* des plus favorables et le vent ne cessa pas de le servir avantageusement.

— Est-ce vous qui avez appelé le vent, monsieur de Coatarzel?

— Certes non. Le vent n'a aucun maître et je ne suis pas certain qu'il sache écouter une seule de nos prières.

— J'ose croire que c'est Dieu qui le gouverne, comme le reste du monde.

— Moi aussi, capitaine. Dieu veuille nous donner une juste ration de vent. Ne soyons pas trop gourmands. Il faut qu'il serve les autres navires aussi.

— Vous êtes généreux!

Ils filèrent bientôt toutes voiles dehors, jusqu'à dix et onze nœuds. En début d'après-midi, ils perdirent la terre de vue, et René-Louis fit les relevés d'usage.

Le *Vent d'Armor* était un bon navire et le capitaine Kermarec un bon marin. Les jours passèrent sans incident et, à bord, chacun avait pris la mesure du caractère des autres. René-Louis appréciait les responsabilités qui lui étaient laissées. Tous les hommes avaient vite pris acte de ses connaissances.

Chacun appréciait que, sans aucune vanité, il fasse appel à leur expérience pour un conseil. Il est vrai que ses apprentissages à la Compagnie des Indes lui avaient discipliné l'âme et le corps! Il était bon marin lui aussi, actif, exact et pénétré de ses nouveaux devoirs. La bonté de son tempérament faisait que, tout naturellement, de la grande chambre au gaillard d'avant, on l'aimait.

Au sud de l'île de Madère, le *Vent d'Armor* attrapa les alizés et, dès lors, la navigation ne demanda que peu d'efforts aux hommes. La seule fantaisie qui rompit un peu la monotonie du voyage fut la présence dans le sillage du brick, pendant trois jours, d'un banc de thons. Les vents étaient réguliers et les voiles n'avaient guère besoin d'être manœuvrées. René-Louis en profita pour dessiner un peu.

— On ne m'avait pas dit que vous aviez ce talent, monsieur de Coatarzel.

— Talent est un bien grand mot…

— Non, non. J'avais déjà remarqué votre écriture, mais là, vraiment, c'est très bien.

Le capitaine considérait un portrait tout juste esquissé du jeune pilotin.

— Vous lui apprenez la latitude et même la longitude plus le matelotage, et vous faites son portrait. Je comprends qu'il ne se soit pas encore plaint d'être à bord.

— Capitaine, quand nous ferons escale, si vous acceptez de poser quelques heures, je vous peindrai, en couleurs.

— Pourquoi pas…

Il huma l'air, se tourna vers René-Louis et lui confia :

— Monsieur, je suis le fils d'une mère vertueuse, estimée par tous pour ses lumières. Elle ne voulait pas que je reparte en mer. Elle me voulait marié, établi sur la Fosse, au service des capitaines. Elle a même déjà choisi pour moi une jeune femme qui m'attend à Nantes.

Il hésita un instant et conclut :

— Je serais heureux que vous fassiez un portrait de ma mère, en couleurs, à notre retour.

— Mais, pourquoi pas !

— Attention, ne lui demandez pas de poser trop longtemps. Elle pourrait pour vous aussi choisir une jeune Nantaise. Je crois qu'elle aime les mariages !

4

Gorée, départ sans retour

Après trente-deux jours de mer, ils arrivèrent aux îles du Cap-Vert et comme prévu y trouvèrent un bon mouillage. Praïa a une baie qui fait à peu près une lieue* d'ouverture et l'on y est à l'abri des vents. L'île est soumise à la domination portugaise. Le riz et le maïs y sont en abondance ainsi que les ignames*, les belles oranges, les ananas et les bananes. On y trouve aussi des volailles, des cochons et des cabris.

— Je vous l'avais dit, Praïa est la bonne escale avant de rencontrer la côte d'Afrique. Le capitaine sait cela !

— Je comprends mieux pourquoi nous avons mangé toutes nos volailles, répondit René-Louis.

Ils restèrent là trois jours seulement, et seuls les hommes qui avaient à faire pour les approvisionnements descendirent à terre, sauf le chirurgien qui prétexta du besoin de faire une promenade… Il ne leur fallut ensuite que deux jours de mer pour sortir de Praïa, arrondir l'île et apercevoir la côte d'Afrique. Mais, avant même que leurs yeux ne la voient, ils l'avaient respirée! Une petite poussière rouge était venue à eux et avait maquillé le *Vent d'Armor*.

— C'est le sable du désert qui nous baptise, monsieur de Coatarzel, vous connaissez cela?

— Non, pas encore, capitaine. Je n'ai jamais fait escale sur la côte du Sénégal, même si la Compagnie y a un comptoir.

— Nous n'allons pas connaître Saint-Louis, mais seulement Gorée, qui est accueillante, vous verrez.

Vers midi, ils virent une terre qu'ils reconnurent pour l'île de Gorée.

— Nous y voilà.

— Nous sommes à un peu plus de neuf cents lieues de notre départ.

— C'est exact, et j'ai rarement navigué aussi sereinement sur une telle distance.

Deux navires français étaient dans la rade.

— Qu'on salue ces bâtiments par cinq coups de canons, monsieur de Coatarzel; ensuite, dès que nous serons bien affourchés sur nos ancres, faites mettre une chaloupe à la mer. Nous irons rendre nos devoirs au commandant de la rade et au gouverneur quand ils nous appelleront.

Les hommes étaient heureux. Ils savaient qu'ils allaient, le temps de l'escale, changer de vie et prendre un peu de bon temps sur la petite île, avant d'entreprendre la suite du voyage, le brick chargé de bois d'ébène*. Déjà, le maître charpentier et son aide préparaient leurs planches pour élever une rambarde infranchissable, au pied du grand mât. Il s'agissait d'isoler les futurs captifs de l'arrière du bateau et des logements de l'équipage.

Le *Vent d'Armor* était mouillé par onze brasses* d'eau sur un fond de sable vaseux, et sa tenue y était très bonne. Dans la touffeur de l'après-midi, les hommes se reposèrent allongés à même le pont, abrités du soleil par une banne.

C'était déjà presque le début de soirée quand le pavillon fut arboré sur le fort de l'île, pour donner signal que son capitaine pouvait aller parler au gouverneur. Le capitaine eut la courtoisie de demander à René-Louis de l'accompagner.

— Sauf s'il ne remplit pas ses devoirs, le gouverneur va nous garder à dîner.

— Un bon repas vaut tous les mots de bienvenue, non ?

— Oui, mais pas seulement. Au cours d'un bon repas, on peut s'engager pour quelques bonnes affaires.

Le capitaine avait raison. Ils furent bien reçus par un gouverneur qui aimait la bonne chère et qui ne négligeait pas de travailler pour son compte. Au dessert, alors qu'on leur servait des bananes et des ananas au sucre, flambés avec du rhum, le gouverneur, qui s'était finement renseigné sur les besoins du *Vent d'Armor*, déclara :

— Capitaine, dès demain vous pourrez faire de l'eau. Elle est très bonne ici et j'en fais usage depuis plus d'une année sans m'en plaindre.

— Quelques barriques seulement, nous avons fait aiguade à Praïa.

— Bien. Vous pourrez vous munir de vivres frais à vil prix, et je vous offre un interprète. Il saura indiquer à vos hommes où couper le bois qui vous est nécessaire pour la suite de votre voyage. Mais ici, nous traitons peu de nègres...

Il avala quelques bouchées brûlantes de banane et continua :

— Capitaine, pour votre fortune et pour la mienne, je peux vous céder moi-même directement une trentaine de captifs. Vous savez qu'ils sont dans ces contrées en petite quantité et il y a moins d'un mois un navire de La Rochelle en a traité plus de cent. Oui, une trentaine, je peux.

— Monsieur le gouverneur, si ce sont des belles pièces, nous nous entendrons facilement. Il me semble que nous sommes entre gens raisonnables.

— Je le crois, capitaine.

Ce soir-là, quand ils regagnèrent leur bord, le capitaine confia à René-Louis :

— Le gouverneur est plus malicieux qu'un roi nègre. Il a peu d'intérêt pour les faits militaires et

emploie ses loisirs à commercer pour lui-même…
en mettant la garnison à contribution!

— Allons-nous vraiment faire affaire avec lui?

— Pour ses trente nègres, oui, et sans tarder. Ce
qui sera traité ici ne sera plus à traiter ailleurs, et
moins nous traînerons sur la côte d'Afrique, mieux
ce sera. Nous descendrons ensuite sur Ouidah. Ici,
notre homme a besoin d'étoffes de guinée, c'est ce
qu'il m'a confié quand nous partions. Ce que nous
lui donnerons pour ses trente captifs, il ne tardera
pas à l'échanger contre le double ou plus. Il a ses
habitudes dans la région et connaît mieux que
quiconque les naturels du pays.

Le lendemain, le gouverneur lui-même vint
chercher le capitaine à bord du *Vent d'Armor*, pour
une petite promenade sur l'île.

— Monsieur Kermarec, vous verrez toute l'île
sans vous fatiguer. Elle n'a guère plus d'un tiers de
lieue de long sur un huitième de large, mais elle est
belle. Toute l'année les fleurs s'y épanouissent, pour
le plaisir des yeux des hommes de la garnison et de
moi-même.

Les matelots, auxquels aucun travail n'avait été
distribué, étaient déjà à pêcher. Les poissons étaient
si nombreux que c'était un jeu de les sortir de l'eau.
René-Louis alla à terre, il voulait dessiner le brick,
dont les œuvres mortes immobiles se laissaient
torréfier par le soleil.

Quand le capitaine regagna le bord, tard le soir, il appela le chirurgien, le maître charpentier, le maître d'équipage et René-Louis. Il les informa :

— Nous avons nos trente premiers nègres, pas un de plus, pas un de moins : vingt et un hommes et neuf femmes. Je les ai vus et ils m'ont l'air d'être excellents. Nous les embarquerons demain.

Il ajouta à l'adresse du chirurgien :

— À vous, monsieur Pellerin, d'aller soupeser les seins des femmes, de tâter les muscles des hommes et de vérifier la dentition de tous. Vous connaissez votre affaire. Si un ou deux vous semblent de mauvaise qualité, nous ne les prendrons pas. Ce sont des Mandingues*. Vous les marquerez à bord quand nous naviguerons vers Ouidah.

Il sortit un petit mouchoir de la poche de son habit, s'épongea le front et commenta.

— C'est à présent que notre voyage prend tournure. La vie à bord va changer et je ne tolérerai aucun manquement : notre sécurité et celle du navire doivent tenir tous nos sens en éveil.

Au maître charpentier, il demanda :

— La rambarde est-elle achevée ?

— Oui capitaine, et j'ai fait placer deux pierriers* aux bons endroits, pour pouvoir balayer de mitraille tout le tillac si besoin.

— Bien, monsieur Le Guillou. Je verrai cela. C'est à vous, vous le savez, de les ferrer comme il faut. Faites-le dès l'aube, à terre. Vous les installerez ensuite dans leur parc dès qu'ils poseront le pied sur le pont. Arrangez-vous pour que les négresses soient elles aussi bien enfermées jusqu'à ce que nous soyons en pleine mer.

À René-Louis il précisa :

— Monsieur de Coatarzel, vous surveillerez l'embarquement des noirs sur nos chaloupes. Monsieur Turpin et monsieur Pellerin, soyez vigilants au moment de les accueillir à bord.

La nuit africaine était parsemée d'étoiles, les mêmes que celles que voyaient les Nantais ou les Parisiens là-bas, en France. Pourtant ici, on n'était plus dans le même monde. Ceux qui venaient d'être vendus, et qui croupissaient encore dans la captiverie, avaient en eux plus de peur que les prisonniers enfermés par le roi à la prison de la Bastille. Les noirs, là, ne connaissaient rien de leur destin, et plusieurs croyaient qu'ils allaient mourir mangés par les blancs si on les menait à bord de l'un des bateaux qui attendaient à quelques brasses de l'île.

Le chirurgien avait, à l'aube, le regard mauvais de quelqu'un qui n'a pas assez dormi. René-Louis le soupçonnait de boire plus que de raison, et plusieurs fois il avait deviné dans son haleine l'odeur de l'eau-de-vie. Il venait de trouver tous les esclaves en bon état, tous achetables pour le plus grand bénéfice de l'armateur. Le gouverneur l'avait assisté dans son inspection, et c'est à peine s'il lui avait laissé le temps de bien voir avant de l'emmener prendre un bon repas du matin. À présent, René-Louis était prêt. Pillevic, le maître de chaloupe, attendait près de lui, un peu tendu. Ce fut d'abord aux femmes d'embarquer, et elles furent toutes du même voyage. Le gouverneur avait pris soin de les faire attacher ensemble. Si l'une voulait sauter à l'eau pour mourir, elle ne pouvait le faire qu'en entraînant les autres...

Elles étaient très jeunes, et c'est presque nues qu'elles se présentèrent. Elles n'avaient qu'un morceau de pagne noué autour de leurs hanches. Les hommes de la chaloupe les regardaient, curieux, comme si elles n'étaient pas tout à fait des femmes, malgré leurs seins bien droits et la rondeur de leurs fesses que l'on devinait. Le patron de chaloupe s'était muni d'un fouet qu'il faisait claquer dans l'air pour les effrayer un peu. Il avait avoué à René-Louis : « À la ferme, tous les hommes avaient un fouet, et les gros chevaux de chez nous obéissaient, vous pouvez me croire. » Tout se passa bien. René-Louis constata que plusieurs femmes tremblaient comme si elles étaient attaquées par le froid. C'était la peur sans doute. Il regarda la chaloupe s'éloigner et s'approcher du *Vent d'Armor*. Quand elle y fut, on entendit des cris qui montèrent écorcher le bleu du ciel. Les femmes hurlaient alors qu'on les hissait à bord. Elles ne le savaient pas mais, ce faisant, elles disaient au revoir à leur terre d'Afrique et à leurs ancêtres.

Les noirs, ferrés deux par deux, avaient entendu les hurlements des femmes, sans voir ce qui se passait. Ils arrivèrent, poussés par les piques des soldats que le gouverneur avait réquisitionnés.

— On en charge six seulement pour le premier tour, c'est plus prudent. On fera deux voyages pour le reste.

Les deux premiers noirs sautèrent ensemble à bord et s'assirent au fond, comme on le leur indiquait. Le patron, fouet en main, fit signe aux deux autres de sauter. Ils le firent, mais dès qu'ils tombèrent dans la chaloupe, ils se lancèrent par-dessus bord!

— Vrai Dieu de Dieu! Cordieu et mordieu!

Le maître de chaloupe hurlait. Il avait saisi une gaffe alors que les nègres faisaient des gestes ridicules pour s'éloigner ou couler. D'un mouvement précis, il les agrippa par la chaîne qui les reliait l'un à l'autre et il les tint comme ça, à sa merci.

— Vous faites quoi là, Pillevic? hurla René-Louis.

— Je les laisse boire la tasse, juste ce qu'il faut. Ce sera leur première leçon.

Quatre matelots hissèrent les nègres dans la chaloupe. Ils étaient à moitié morts sans doute, à moitié, pas plus! Le patron avait très bien calculé son coup, lui qui savait que chaque pièce a un prix. Il ne leur laissa pas le temps d'évacuer toute l'eau qu'ils avaient bue. Il les gratifia chacun d'un coup bien appliqué avec le manche de la gaffe. Il s'exclama :

— Voilà de quoi vous calmer, c'est du bois d'arbre, du vrai, et si vous en voulez encore, vous en aurez!

René-Louis sortit de sa ceinture le pistolet qu'il portait et tira en l'air. Tout le monde se figea, même les soldats, qui avaient beaucoup ri et qui riaient encore du spectacle qui leur était offert. Il cria :

— Faites, on embarque.

Les noirs suivants sautèrent et vite la chaloupe nagea sans problème vers le brick.

Avant midi tous les nègres étaient enfermés dans leur parc à l'avant du bateau et les femmes dans le leur, à l'arrière.

— Voilà, vous avez votre compte, et ces guinées bleues sont d'excellente qualité, précisa le capitaine.

— Je vois, je vois…

Le gouverneur était un connaisseur et il appréciait. Il fit tout d'abord charger dans sa chaloupe le plomb à giboyer, les boucauts de tabac et ensuite seulement les pièces d'indienne* et les guinées.

— Serez-vous à ma table ce soir, capitaine?

— J'y serai, avec plaisir.

— J'aurai quelques autres invités, des officiers qui naviguent pour le roi.

— Je serai heureux de les saluer avant de prendre la mer dès demain.

— Quoi, déjà?

— Gouverneur, il me faut trouver encore plus de trois cents pièces et à bon prix.

5

De belles pièces à Ouidah

Il y avait pleine lune au large. René-Louis demanda à l'homme de barre de venir au vent. Le navire était à toc* de toile et, dans la nuit, on entendait le bruit régulier que faisait sa proue fendant les vagues. C'était un peu comme un tissu que l'on aurait déchiré. Les hommes de sa bordée* étaient sur le qui-vive, prêts à monter dans les enfléchures pour prendre un ris* si nécessaire.

— Tanguy, qu'est-ce que tu dis de ces négresses?

— Rien.

— Vraiment rien?

— Monsieur, c'est la première fois que j'en vois.

— Et à moitié nues! Feront-elles bien la cuisine?

— Pour les nègres oui, mais moi je n'aimerais pas manger leur bouillie ni leurs fèves.

— Personne ne te le demande! Surveille bien ces femmes chaque fois qu'elles seront sur le pont. J'espère que dans deux ou trois jours on les aura amadouées et qu'elles pourront respirer et cuisiner à l'air libre.

Le pilotin restait là, sans rien dire. Il osa enfin demander :

— Les femmes aussi vont être marquées ?

— Bien sûr.

— Et quand on aura des enfants à bord, ce sera pareil ?

— Non, pas les plus petits.

— Le chirurgien m'a dit que je devrais être là et l'aider, avec l'apprenti charpentier.

— C'est bien ça. Plus tu en apprendras, mieux ce sera. Un jour tu seras officier.

Quand René-Louis et ses matelots laissèrent le bateau aux bons soins de l'enseigne et de sa bordée, le vent était toujours là, mais des mauvais courants gênaient la bonne marche du navire. René-Louis dit à l'enseigne :

— Mieux vaut conseiller à l'homme de barre de prendre un quart de tour à l'ouest et s'éloigner un peu plus de la terre.

L'enseigne donna tout de suite l'ordre. Il savait le second capitaine bon navigateur.

— Bon, je vais mettre un peu mes yeux à dormir. Si nos poules ont pondu quelques œufs, j'avale d'abord une petite omelette.

— Dormez bien, monsieur.

René-Louis retrouva son cadre, et s'allongea tout habillé. Il ne retira que ses souliers et ses bas. Le brick avait une allure régulière, et son bercement l'emmena vite au pays des rêves. Il avait déjà cueilli deux sacs de pommes dans le verger familial, et regardé ses sœurs en préparer une douzaine et demie avec un peu de cannelle, puis les mettre à cuire dans le grand four à pain, quand il entendit hurler. Tout d'abord, il pensa que l'on saignait un cochon derrière dans la cour. Mais, dès qu'il ouvrit les yeux, il sentit le bateau vivre et il comprit qu'il n'était pas là-bas à jouer, enfant, dans les couleurs de l'automne, mais bel et bien dans le ventre du *Vent d'Armor*. Il se leva, se chaussa sans prendre le temps d'enfiler ses bas et gagna le pont.

Le soleil était revenu de l'autre côté de la terre et il éclairait le monde. Le bleu du ciel était un peu déchiré par des nuages bien sombres. Le spectacle qui s'offrit à René-Louis était stupéfiant : deux négresses assises, appuyées à la lisse, gémissaient sans bouger, sous la garde de trois matelots. Une troisième, tenue par Tanguy Coatmeur, était allongée sur le pont et gigotait en hurlant. Le pilotin, les yeux exorbités, la serrait comme s'il craignait fort qu'elle ne s'envole. Une dizaine d'hommes riaient à gorge déployée. Le chirurgien tenait dans ses longues pinces la lame d'argent brûlante qui venait de lui servir à marquer les femmes. Apercevant René-Louis, le capitaine s'exclama :

— Monsieur, votre pilotin reste mystérieusement collé à une négresse. Il y a de la magie là-dessous, et je me demande comment s'appelle cette danse qu'il improvise, allongé là devant nous !

Les hommes rirent encore. Le chirurgien leur fit un signe, et ils allèrent chercher les négresses qui restaient. Elles étaient épouvantées. Elles avaient entendu les cris de leurs sœurs et elles se demandaient quel supplice les attendait. Le chirurgien n'en était pas à son premier marquage. Il était habile et sa main ne tremblait pas. Le jeune aide charpentier l'assistait seul, à présent que Tanguy, qui restait allongé avec sa négresse, n'avait plus ni la force ni l'envie de les aider. Le marquage fut vite fait et bien fait. Les deux lettres majuscules *RL*, entrelacées, imposaient une nouvelle identité à chacune, lisible sur l'épaule ou le haut du bras.

Peut-être qu'à ce moment-là, à Nantes, dans son bel hôtel particulier, monsieur René Lorinière buvait un bon chocolat vanillé. Certainement il ne savait pas que ses initiales venaient d'être apposées sur des femmes noires qu'il ne verrait jamais.

— Continuons, aux hommes à présent. Méfiance, ils sont plus musculeux que les femmes. Qu'on les fasse monter deux par deux, sans leur enlever leurs fers, bien sûr.

Tanguy s'était relevé. Il jeta un regard dur sur l'assistance qui s'était moquée de lui. Il disparut dans le ventre du *Vent d'Armor*. René-Louis n'avait pas bougé. Il n'avait pas dit un mot. Il observait. La suite du spectacle ne se fit pas attendre. Les hommes furent brûlés à leur tour. Chaînes aux pieds les liant deux par deux, fers aux poignets, maintenus allongés sur le pont aussi bien que s'ils y étaient enracinés, par six matelots, ils furent tous marqués. Tous ne crièrent pas, mais tous au moment de la brûlure eurent un regard violent et désespéré en tentant de se tourner vers le chirurgien et son arme rougie par le feu.

Tanguy réapparut, mais personne ne fit attention à lui. Il descendit dans le parc des femmes et il soigna chacune en appliquant sur la blessure de la graisse de porc. Elles se laissèrent faire sans bouger, sans rien dire.

Quand René-Louis regagna son cadre, il eut du mal à trouver le sommeil. C'était la première fois qu'il voyait marquer des humains. Il se tourna sur le côté, essaya de respirer au rythme du balancement que lui offrait le *Vent d'Armor* pour l'endormir à nouveau. C'est seulement une heure plus tard que le sommeil l'emmena loin, là-bas, retrouver son pays d'enfance et danser en chantant avec les hommes frustes, un peu grossiers, qui travaillaient pour son père après la vendange, en piétinant le raisin pour en faire couler le jus.

Le capitaine Kermarec passa sa longue lunette de cuivre à René-Louis. Peu après il lui demanda :
— Alors, que voyez-vous, monsieur ?

— Seulement une bande verte, capitaine, des herbes et des arbres, je crois.

— Oui. Est-ce tout ?

— Du sable. Ce pays commence par une plage de sable.

— Oui, et la plage est bien surveillée, croyez-moi. D'un côté, le monde des arbres avec ses mystères, ses fièvres, et de l'autre, l'océan avec cette barre* qui nous empêche d'approcher à moins de trois encablures*. On pourrait prendre le risque de la franchir sans doute, mais comment regagner ensuite la pleine mer ? Nos voiles ne suffiraient pas, quel que soit le vent !

— Trouverons-nous assez de noirs à Ouidah pour remplir le bateau, capitaine ?

— Si Dieu le veut.

Il avala goulûment un peu de vent chaud et reprit :

— Ouidah est un bon endroit. Peut-être aurions-nous dû y venir directement. Mais, traiter n'est jamais facile. Il suffit qu'un bateau ou deux soient passés quelques semaines ou quelques jours plus tôt et vous apprenez que les centaines de nègres qui avaient attendu longtemps viennent d'être vendus. On ne va pas tarder à savoir si la chance est avec nous.

Ils restèrent l'un près de l'autre sans presque rien dire, encore une heure.

— Si nous ne traitons aucun noir, nous embarquerons au moins des cocos. C'est toujours bon, des cocos! L'eau de coco est meilleure au milieu de l'océan que l'eau vieillie de nos barriques. Monsieur, faites mettre en panne, nous y sommes, Ouidah est devant nous.

À peine furent-ils sur leurs ancres qu'ils aperçurent une longue pirogue montée par une dizaine de nègres qui se dirigeait vers eux. Tous les hommes du bord la regardaient. Quelques-uns étaient déjà venus mouiller ici et ils savaient qu'une pirogue, quand la mer est houleuse, a autant de chance de franchir la barre que de chavirer. René-Louis, comme les autres, fixait le frêle esquif qui semblait aussi vulnérable qu'un papillon.

Quel spectacle! Ils étaient huit exactement à lutter contre la barre. Quand ils la franchirent, la pirogue fut levée vers le ciel comme si elle visait un nuage. Elle resta un instant en équilibre et retomba avec violence. C'était gagné. Les hommes du *Vent d'Armor* lancèrent un hourrah!

À présent la pirogue approchait sans danger. René-Louis distingua à l'arrière un homme qui était assis bras croisés. C'est lui que l'on hissa à bord sur une chaise de calfat*. C'était un nègre, en habit! Dès qu'il posa le pied sur le pont, il se dirigea vers la poupe, comme s'il savait d'avance que c'était de ce côté-là qu'il trouverait les officiers. Quand il découvrit le capitaine Kermarec, il s'exclama:

— Capitaine! Vous! Vous bien vivant…

Le capitaine riait. Il laissa l'homme arriver à lui et il le serra dans ses bras, comme s'il avait été aussi blanc qu'un Breton ou qu'un Vendéen.

— Bonjour, mon ami. Oui, me revoilà… pour affaires. J'espère qu'une fois de plus nous nous entendrons bien. Et le roi, est-il en bonne santé?

— Très bonne santé.

Le capitaine se tourna vers René-Louis et l'enseigne, qui étaient là, et leur présenta l'homme qu'il venait d'appeler son *ami*.

— Messieurs, je vous présente monsieur Kuassi. C'est un homme important, il est le yovogan*. Vous apprendrez que sans lui il est impossible de traiter ici le moindre esclave. Venez.

L'invitation s'adressait aux trois hommes. Ils le suivirent dans sa chambre où il leur servit un alcool.

— Messieurs, trinquons à la santé du vice-roi de Ouidah, à notre santé et à notre commerce.

Ils burent leur verre aussi simplement que s'il s'agissait de cidre doux. Le capitaine se leva, sortit un instant, donna des ordres et revint. Il demanda:

— Allons-nous vite nous entendre et traiterons-nous nos affaires aussi bien que lors de mon dernier passage?

— Capitaine, c'est pas facile…

— Et pourquoi ça, n'avez-vous pas beaucoup d'esclaves pour moi?

— Un peu un peu…

Le yovogan parla en se tortillant sur sa chaise. Il avait des esclaves, oui… mais peu, et le vice-roi en voudrait un bon prix, un très bon prix.

On frappa à la porte, et le capitaine fit entrer le maître d'équipage.

— Monsieur Turpin, posez là votre paquet. J'espère que vous avez bien choisi ce que je vous ai demandé : c'est pour notre hôte.

Avec cérémonie, le capitaine dénoua le baluchon et exposa sur sa table une paire de souliers à boucle et petit talon, des ciseaux, un rasoir, un éventail en soie de Chine et deux chemises blanches aux poignets de dentelle. Il ajouta un petit tonneau d'une demi-ancre d'alcool d'Armagnac.

Quand le yovogan eut examiné chacune de ces pièces en souriant, il remercia. Le capitaine remit le tout dans le baluchon qu'il posa sur le tonneau. Il serra pour la deuxième fois le nègre dans ses bras et lui affirma :

— Nous sommes deux vieux amis. Je respecte le vice-roi comme mon père. Nous allons mener à bien nos affaires pour le plus grand bénéfice de chacun. Dès demain je serai à terre avec mes officiers.

Aucun des noirs qui avaient mené la pirogue jusqu'au *Vent d'Armor* n'était monté à bord. Ils savaient très bien ce qu'était ce navire et le craignaient un peu, même s'ils n'étaient pas à vendre, eux. Le yovogan parti, le capitaine déclara :

— Nos affaires ne commencent pas si mal, qu'en pensez-vous, messieurs ?

L'enseigne laissa René-Louis répondre :

— Je ne savais pas que vous aviez des nègres pour amis.

— Comme vous y allez, monsieur ! Cet homme compte beaucoup pour la traite, et vous apprendrez qu'en affaires un peu de comédie peut faire gagner beaucoup de temps et beaucoup d'argent. Au demeurant, c'est vrai qu'il est important. C'est lui qui vérifie la traite pour son roi. S'il fallait le comparer à nous autres gens de mer, ce serait une sorte de subrécargue* qui serait aussi maître d'équipage.

— Voilà qui est beaucoup pour un seul homme !

— C'est pourquoi il est mon *ami*, c'est pourquoi je le serrerai encore dans mes bras !

Depuis la veille, les voiles du *Vent d'Armor* étaient ferlées et serrées. Le capitaine parut et ordonna que l'on tire un coup de canon.

— C'est simplement pour prévenir que nous allons à terre.

La petite chaloupe était prête. Les six hommes qui étaient aux avirons avaient été choisis parmi les plus aguerris. Le capitaine était accompagné de René-Louis, du chirurgien et de Tanguy Coatmeur.

Le pilotin n'avait guère envie d'aller à terre. Il se plaisait en compagnie des femmes, qu'il protégeait de son mieux depuis qu'elles avaient été marquées.

— Monsieur Coatmeur, vous êtes un bon pilotin, si j'en crois monsieur de Coatarzel. Mais je vous trouve un peu impulsif et ingénu. Vous resterez à terre le temps de la traite et vous trafiquerez autant que possible des volailles, des œufs et des ignames. Si nous trouvons ici notre compte d'esclaves, le voyage sera long ensuite.

Ils arrivèrent sur le sable de la plage sans problème. L'énorme vague de la barre les avait simplement poussés à grande vitesse, comme s'ils ne pesaient pas plus qu'une feuille de bananier.

Les hommes déchargèrent les pièces d'étoffe, cinquante livres de cauris, cinq barils de poudre, dix fusils et huit ancres d'eau-de-vie.

Le yovogan était là, entouré de quelques serviteurs. Le capitaine lui offrit un boucaut de tabac. Ensuite, tous le suivirent.

Le vice-roi de Ouidah était installé confortablement dans un fauteuil recouvert de tissus rouges frangés de fils d'or. À son côté, un grand miroir en pied lui permettait de s'admirer autant qu'il le voulait. Autour de lui, plusieurs de ses conseillers fumaient assis à même le sol, ou sur des tabourets sculptés. Plusieurs femmes semblaient n'être là que pour décorer le lieu de leur beauté. Quelques-unes avaient des signes blancs peints sur leur peau noire.

Deux toutes petites, aussi nues que le jour de leur naissance, éventaient le roi avec de longues feuilles tressées.

Quand le capitaine arriva, il posa un genou à terre et déclara :

— Grand roi, je suis de retour ici, sur la terre d'Afrique, pour mener à bien quelques affaires. Je suis heureux de vous retrouver en bonne santé. J'ai préparé mon voyage en pensant à vous et, avant même que nous nous entretenions à propos des esclaves, je vous offre quelques présents.

Les matelots étalèrent à ses pieds tous les cadeaux. Quand ce fut fait, le capitaine ajouta :

— Permettez-moi de vous offrir en plus ce chapeau qui m'appartient.

Le roi se leva, prit le chapeau et se coiffa. C'était un beau chapeau noir à large bord dont la calotte était entourée d'un ruban rouge, dans lequel était glissée une plume, rouge aussi.

— Merci.

Le roi n'en dit pas plus. Il s'adressa dans sa langue à son premier conseiller, qui parla ensuite à deux autres personnages. L'un d'entre eux se tourna vers le capitaine et lui dit :

— Nous avons des esclaves, un peu… De la bonne qualité, hommes, femmes, enfants. Des Yorubas*, des Adjas*, des Mahis* et quelques autres très bien aussi, des Fons* qui doivent être vendus même s'ils sont fons. Vous les verrez et le roi vous les cédera si vous en donnez un bon prix.

Le yovogan reprit :

— Oui capitaine, le roi vous les vendra si vous en donnez un bon prix.

Le capitaine répondit par un grand sourire et se leva. Tout de suite, lui et René-Louis, et le chirurgien, le pilotin et les matelots furent entourés de quelques femmes qui les menèrent à l'écart, où on leur servit de la viande rôtie sur la braise.

— Bon appétit, messieurs. Faisons honneur à cette viande que nous ne connaissons pas. Elle est peut-être aussi savoureuse que du bon bœuf de chez nous.

Ils apprécièrent, même Tanguy qui tout d'abord fit la fine bouche !

Ce soir-là, le capitaine, René-Louis, Tanguy et le chirurgien restèrent à terre. Une maison en branchages et en planches avait été construite par le charpentier et son aide pour les accueillir. Trois matelots étaient avec eux pour veiller tour à tour pendant les heures de nuit.

— Messieurs, nous n'avons pas ici les conforts de l'Orient, mais que la nuit africaine vous soit douce.

— Elle le sera, monsieur. Dormir dans un hamac est une bonne chose, et je vais accrocher le mien sous les étoiles.

— Vous ne craignez pas les bêtes féroces ?

— Je dors armé, j'ai mes pistolets, et nos matelots qui savent si bien écouter le vent entendront la moindre bête qui aurait de mauvaises intentions.

Dès le lendemain les affaires commencèrent. Le capitaine paya les coutumes*. Bien sûr, il n'était pas question de se presser. Il fallait regarder, choisir, et le capitaine ne voulait pas paraître trop désireux de tout acheter tout de suite, ce qui aurait probablement rendu ses interlocuteurs très exigeants. Il demanda au chirurgien de refuser quelques esclaves sous n'importe quel prétexte. Après douze jours de palabres, il fut décidé qu'un homme solide de cinq pieds six pouces serait acquis pour dix onces, une femme ou un négrillon pour huit onces et une négritte pour sept onces seulement. Ces valeurs transformées en rolles* de tabac du Brésil, en barres de fer, en cauris, en eau-de-vie et en mille autres marchandises concernaient quatre-vingt-quatorze hommes, vingt-six femmes, sept négrillons et onze négrittes.

— Les affaires ont été bonnes, les pièces sont belles, mais nous sommes loin de notre compte.

— Et si nous attendions que d'autres esclaves arrivent, capitaine ?

— C'est risqué, monsieur de Coatarzel. On peut attendre un mois ou six mois, et si nous attendons, nous nous mettons en fâcheuse position. Plus le temps passera et plus nos amis comprendront que nous sommes pressés d'avoir notre compte... plus les prix augmenteront!

— Qu'allons-nous faire?

— Nous ne sommes pas loin de Bonny, allons-y. Là-bas, nous traiterons des Ibos ou des Nagos. Ils sont aussi appréciés que les Mandingues ou les Yorubas. Préparez-vous, monsieur, à accueillir à bord toutes les pièces achetées ici. Le charpentier les logera et dès que nous aurons repris la mer, femmes et hommes seront marqués. Moi, je resterai à terre jusqu'à l'embarquement de la dernière pièce.

6

Des hommes couleur coton

C'était la saison sèche. Dans l'épais brouillard qui enveloppait Pindiri-Kodro, le jour se leva pour s'étirer doucement. Ce matin-là, presque tous les villageois avaient les pieds dans les basses eaux du fleuve Oubangui. Certains nettoyaient des poissons, d'autres se lavaient tandis que les enfants essayaient de mouiller le ciel en s'éclaboussant. Soudain, un homme resté sur la rive cria :

— Là, regardez ! Regardez !

Une embarcation remontait le courant. À sa vue, ceux qui étaient dans l'eau se précipitèrent sur la rive. On entendit des murmures. La crainte se lisait dans les regards. Qui pouvait bien venir ? Une grande pirogue s'approcha et vint s'échouer au pied des gens attroupés. Dès que l'on put distinguer parmi l'équipage des hommes blancs vêtus de blanc de la tête aux pieds, ce fut la débandade. Les habitants de Pindiri-Kodro n'avaient jamais vu de blancs. Ils savaient cependant que les esprits malfaisants étaient de la couleur du coton et qu'ils avaient la réputation de sortir à la saison sèche pour venir voler des vies.

Dans le sauve-qui-peut qui s'ensuivit, des hommes, des femmes et des enfants arrivèrent en courant au milieu des cases situées tout en haut de la colline. Les quelques vieux qui étaient restés au village furent étonnés de les voir surgir. Portés par l'excitation, les bras tendus, ils désignaient le fleuve, tout en bas. Babamokodji, le vieux chef, était allongé à l'ombre sur une natte. Sa plus jeune épouse venait tout juste de lui laver les pieds. Ses dix-sept concubines autour de lui, il écoutait le griot Kpèrè-Kpèrè chanter des mots à sa gloire. Le commandant des gardes vint vers lui en courant et dit :

— Des esprits ! La situation est grave, des esprits arrivent…

En apparence imperturbable, le chef l'interrompit pour demander :

— Il se passe quoi ? C'est quoi, ces esprits qui arrivent ? Tu dis quoi là, Batawaligba ?

Malgré sa peur, le commandant des gardes exposa dans le menu détail ce qui s'était passé sur les bords du fleuve. Il ajouta :

— Ce sont peut-être même des fantômes !

Babamokodji n'en croyait pas ses oreilles.

— Qu'est-ce que tu me racontes ?

— Je dis ce que j'ai vu, Vénérable. Une grosse et longue pirogue chargée de vivants-vivants et de morts-vivants à la couleur coton vient d'arriver.

Toutes les femmes du chef étaient suspendues aux lèvres du commandant des gardes. Le vieux se leva pour déclarer :

— Si tes yeux ont vraiment vu ce que tu dis, c'est grave.

Il se tourna vers les jeunes hommes qui se tenaient immobiles, attentifs, et leur lança :

— L'heure est venue de montrer la bravoure dont sont capables les initiés. Retournez au fleuve et tuez-moi ces revenants. Ne les enterrez pas, mais brûlez-les. Allez ! Partez ! Vite !

Un chant monta aussitôt des rangs serrés que formèrent ces guerriers, qui partirent immédiatement en direction de l'Oubangui.

Le temps passa. Babamokodji attendait en silence qu'on vienne lui rendre compte du résultat des actions qu'il avait ordonnées. Finalement, Batawaligba revint, souriant.

— Ils sont tous tués, ces hommes coton ? demanda le chef, irrité de le voir sourire ainsi.

Le commandant des gardes se mit à genoux et baisa le sol. Enfin, il admit :

— Non, ils ne sont pas morts. Il y a eu plus de peur que de mal…

— Tu dis quoi ?

— Les hommes coton sont là et ils veulent vous parler, chef. Ils sont accompagnés d'un homme du village d'Isongo-Songo qui parle leur langue.

— Tu racontes quoi là ?

— Vénérable, ces blancs sont des hommes, comme nous, mais ils sont couleur coton.

— Tu me dis la vérité ou tu me racontes des histoires, Batawaligba ?

— Je dis vrai.

Babamokodji prit aussitôt une décision. S'adressant au commandant, à ses femmes et aux autres personnes qui l'entouraient, il dit :

— Faites tamtamer le linga*. Que tout le monde se rassemble !

À peine le peuple fut-il réuni que les hommes de couleur coton arrivèrent. La foule les dévorait des yeux. Curieux comme les autres, Koukoulou se tenait malgré tout un peu en retrait. Il aurait voulu que son frère, Kombo-Nzombo, soit là pour assister à la scène avec lui. Il était parti à la chasse.

Debout devant les siens, Babamokodji déclara :

— Les hommes coton sont arrivés jusqu'à nous. Laissons parler ces gens qui viennent de fouler notre terre-naissance.

Sur ces mots, l'homme noir d'Isongo-Songo sortit des rangs pour venir se placer entre le vieux chef et les blancs. S'adressant au Vénérable, il dit :

— Je m'appelle Zougoulou et je suis le fils du chef Ziawada…

— Si tu es le fils de Ziawada comme tu dis, tu es mon fils, l'interrompit Babamokodji. Qui sont ces moundjou-kpaké* ?

— Baba, ces hommes sont arrivés à Isongo-Songo il y a plusieurs mois. Tous les habitants du village ont eu peur, personne ne croyait qu'ils étaient de vraies personnes comme nous, les noirs.

— Tu es bien certain que ce sont de vrais hommes?

— Oui… Ils sont vrais, croyez-moi, avec eux votre village gagnera beaucoup de bonheur.

Zougoulou avait des accents charmeurs dans la voix. Il parlait bien pour dissiper les inquiétudes du chef, qui redemanda quand même:

— Tu es bien sûr que ce sont de vraies personnes?

— Oui, répondit l'homme d'Isongo-Songo. Ils connaissent mon village et son chef Ziawada depuis plusieurs mois.

— Ils veulent quoi, ici, à Pindiri-Kodro?

Zougoulou, qui avait du miel dans la bouche, dit ceci:

— C'est un bon vent qui nous a conduits à Pindiri-Kodro, le plus beau village du fleuve. Ces hommes voulaient vous connaître, grand chef, c'est une visite de courtoisie.

À ces paroles, le vieux Babamokodji demanda au traducteur de transmettre ses remerciements aux blancs pour leur visite. Sans perdre de temps, ceux-ci ouvrirent de grands sacs qu'ils avaient apportés et déposèrent à ses pieds et devant ses femmes de nombreux cadeaux. Les trésors offerts attisèrent la curiosité des villageois, sauf celle de Koukoulou.

Assis en retrait, silencieux, il suivait l'action sans sourciller. Pour une raison qu'il ignorait encore, il se refusait à lécher le miel sorti de la bouche de Zougoulou. Il ne pouvait croire à sa bonne foi ni à celle des hommes à la couleur coton. Une voix intérieure se faisait entendre pour le mettre en garde, la voix de son ancêtre sans doute.

Babamokodji remercia ses hôtes pour leurs cadeaux. Il fit conduire Zougoulou et ses amis dans une grande case de passage, et il ordonna qu'on leur prépare des makongo* au ngbaoudé*, du gboudoungago*, ainsi que de la bonne viande de brousse. Puis il annonça :

— Quand ce sera la nuit, on dansera.

Les hommes blancs souriaient. Le plus petit, remarquable à son chapeau noir, murmura aux autres :

— Ça marche bien. On va faire un joli coup de filet ici !

Ce soir-là, le soleil devint rouge sang et déclina vite à l'horizon. Voyant le crépuscule qui envahissait Pindiri-Kodro, Koukoulou eut le sentiment que la couleur du ciel était de mauvais présage. De retour dans sa case, il sentit la rage monter en lui.

Il se dit que le vieux chef devrait être plus prudent. Pourquoi n'avait-il pas posté des guerriers pour surveiller la grande case? Babamokodji était le dépositaire des coutumes subtiles du village, mais Koukoulou découvrit, tout en repoussant ces pensées, qu'il doutait de sa sagesse, et craignait que les yeux du Vénérable ne sachent plus découvrir le danger. L'inquiétude voilait son visage. Allongé sur sa natte, il voulait entendre ce que le lingui* qu'il portait à son cou avait à dire à son cœur. Le clair de lune que le ciel répandait depuis trois jours avait disparu. Fallait-il y voir un signe?

La fête annoncée par le chef commença dans la nuit noire. On offrit à boire le kangoya* et le ngbako*. Au rythme des tam-tams, les hommes et les femmes dansèrent à tour de rôle le gbadouma*, le montènguènè* et le loudou* à la lumière éclatante de la lanterne marine que les hommes à la couleur coton avaient allumée. En guise de remerciement, ils servirent à leur tour du rhum et du tafia. La boisson des blancs connut beaucoup de succès parmi les gens de Pindiri-Kodro. Les réjouissances se prolongèrent.

Au cœur de la nuit, Koukoulou, qui avait refusé de boire, se retira une autre fois dans sa petite case sacrée au milieu de ses fétiches. Il partit au moment où le vent se levait, et il en conclut que c'était la colère des yanda qui enveloppait son corps. Seul, il se mit à l'écoute des voix de la forêt qui pourraient le guider. Aucune ne se fit entendre. Il n'y avait que son doudoum pour lui faire comprendre que les dieux protecteurs du village étaient mécontents de la présence des hommes à la couleur coton. Pourquoi Kombo-Nzombo n'était-il pas de retour pour faire conseil avec lui?

Le lendemain matin, au moment de repartir, les hommes blancs offrirent au vieux Babamokodji une médaille toute brillante. Ils le décorèrent en signe de reconnaissance. Ses femmes poussèrent des cris de joie. Le chef était fier. Il descendit même jusqu'au fleuve avec les blancs pour les regarder partir dans leurs longues pirogues.

Le surlendemain, le village fut réveillé très tôt par des bruits de tonnerre. Des bruits inconnus aux oreilles des habitants. C'étaient des coups de feu. Les hommes blancs étaient revenus. Ils tiraient pour affoler les villageois. Les guerriers de Pindiri-Kodro furent pris au dépourvu et ne purent empêcher quoi que ce soit.

Profitant de cet affolement, des hommes noirs, qui avaient vendu leur cœur pour exécuter les ordres des blancs, commencèrent à faire des prisonniers. Ils obligeaient tout le monde, même les enfants, à s'allonger sur le dos face au soleil qui se levait. Ils abattirent un couple qui tentait de fuir. C'était la terreur.

C'est à ce moment seulement que Babamokodji s'aperçut de son erreur et qu'il comprit qu'il avait offert l'hospitalité à des affreux, à des sans-cœur. Il se dit à lui-même: «C'est celui à qui tu as soigné les dents qui mange tes semences.» Quand il voulut se porter à la défense des siens, des hommes noirs à la solde des blancs le fouettèrent devant eux. Un blanc, plus mauvais encore que les autres, lui arracha la médaille dont il était si fier et la mit à son cou. Pendant qu'on réduisait le pauvre vieux à l'état de loque, les blancs avaient entrepris de sélectionner des hommes jeunes et forts, des femmes jeunes aussi et solides, sans oublier quelques enfants déjà grands.

Dès les premiers coups de feu, Koukoulou était sorti de sa case située à l'extrémité du village pour se réfugier en haut d'un arbre. De là, il vit le drame se dérouler sous ses yeux. Soudain, il aperçut Kombo-Nzombo au milieu d'un groupe d'hommes qu'on venait d'encercler. Il ignorait qu'il était rentré au village au petit matin. S'il avait su, il l'aurait alerté, il lui aurait raconté ce qui s'était produit au cours des jours précédents. Mais il était trop tard. Son frère, qui résistait à sa capture, venait de recevoir un coup en pleine figure. Il s'étala au sol. D'instinct, Koukoulou fit un geste pour descendre de l'arbre, mais il se ravisa. Tout ce qu'il y gagnerait serait de se retrouver captif lui aussi. Il attendit de voir la suite des événements.

Quand le soleil fut bien haut dans le ciel, une colonne de prisonniers venue de Bèyama, un village situé non loin de Pindiri-Kodro, arriva. Deux autres villages avaient été razziés et trois cents personnes se retrouvaient désormais esclaves. Peu de temps après, les négriers, à la tête d'une organisation bien rodée, se mirent en route, menant deux colonnes d'hommes, de femmes et d'enfants, dont ceux de Pindiri-Kodro, en direction de la côte qui se trouvait très éloignée. Là, au bord de l'océan, on en ferait des marchandises humaines.

Ceux qui s'éloignèrent ainsi de l'Oubangui, ce jour-là, ne savaient pas qu'ils entreprenaient le parcours le plus difficile et le plus incertain de leur vie. En début d'après-midi, une première cohorte de prisonniers se présenta pour franchir le fleuve Mpoko. Manifestant leur mécontentement, les esprits de l'eau emportèrent par le fond le premier homme qui s'y essaya. C'est la rumeur qui court au sein des captifs. Les blancs n'avaient pas de temps à perdre. Ils firent monter des prisonniers dans les quelques pirogues qui étaient là. Mais, au milieu de l'eau, un hippopotame surgit et s'attaqua à une embarcation dans laquelle se trouvait une jeune prisonnière enceinte. Elle disparut, emportée par l'animal. Sur la rive, les rescapés, bouleversés, attribuèrent cet acte à un talimbi* sans s'expliquer pourquoi il ne s'était pas attaqué aux blancs.

Toujours à ses affaires, le plus vieux des hommes à la couleur coton consulta sa boussole et dit :

— Continuez ! De toute manière, nous en perdrons quelques autres d'ici à l'océan !

Les colonnes reformées, on les mena encore une fois dans la forêt. Les mauvais hommes noirs, ces mercenaires sans scrupules, les guidaient. Sans eux, les blancs auraient été aussi ridicules et mal avisés qu'un margouillat* enfilant un pantalon.

« Où est-ce que ces moundjou-kpaké nous emmènent ? » se demandaient les esclaves les uns à la suite des autres sans trouver de réponse. Leurs tortionnaires leur avaient passé des chaînes au cou et aux pieds tout en les faisant avancer à la file vers un ailleurs qu'ils ignoraient. À l'arrière, les hommes blancs, bottés de cuir, fermaient la marche. La piste était difficile. Poussés par leurs bourreaux, les prisonniers ne pouvaient éviter les épines.

Au bout de cinq jours de marche, les colonnes approchèrent du petit village de Mbaïki, qu'on jugea préférable de contourner. À partir de là, la forêt devint encore plus hostile, si cela était possible. Un terrible scorpion mordit un esclave qui, après d'horribles cris de douleur, mourut. Des serpents, des lions et même la mouche qui fait dormir se sentaient menacés par tous ces pieds qui cognaient la terre, alourdis de leurs chaînes. Partout la mort guettait. Des jours et des jours après avoir évité Mbaïki, le groupe passa près de Boda. Ce que tous ignoraient, les captifs comme leurs bourreaux, c'est qu'ils étaient suivis, observés jour et nuit dans leurs moindres gestes depuis leur départ de Pindiri-Kodro. Ils étaient épiés par des yeux qui ne craignaient pas la souffrance, par des yeux qui refusaient la peur malgré la violence et la douleur. Koukoulou se tenait à proximité, à distance suffisante pour tout voir.

Les événements malheureux se poursuivirent. Plus tard, deux boas se jetèrent sur la première colonne pour s'attaquer à un homme et à une femme. Ce fut la panique. Quelques-uns voulurent courir malgré leurs entraves, mais ils furent rattrapés par un essaim d'abeilles avant même que les blancs ne puissent intervenir. Les négriers, insensibles comme ils l'étaient, interdisaient aux survivants de pleurer et d'enterrer leurs morts. Ils ne se doutaient pas que, derrière eux, Koukoulou, par respect pour les esprits, enterrait les défunts pour leur permettre de retrouver le souffle de leurs ancêtres.

À Bagandou, les chefs autorisèrent les esclaves à prendre quelques heures de repos et les ravitaillèrent. Cette escale ne pouvait durer, il restait encore de nombreuses heures de marche avant d'arriver à un autre fleuve, le Mambéré. Sa traversée n'allait pas sans poser de problèmes. Des hommes furent libérés pour couper des arbres qui servirent à construire cinq radeaux. Une fois ces radeaux mis à l'eau, on ordonna de désenchaîner les esclaves au moment de leur faire traverser le fleuve, qui n'était heureusement pas à sa crue. Tout se passa bien lors du premier voyage. Sur l'autre rive, les captifs furent de nouveau attachés.

Quand on entreprit la traversée du deuxième groupe, au sein duquel se trouvait Kombo-Nzombo, un vieux crocodile, qui n'avait sans doute pas mangé depuis des jours, fit chavirer un des radeaux. Le vieux Ngoundé, cet animal assoiffé de sang et de chair humaine, dévora deux esclaves. Tous hurlaient de peur sur les embarcations. On entendit soudain Kombo-Nzombo qui appela d'un cri inconnu de tous. Sans tarder, une trentaine d'hippopotames se lancèrent à l'eau et vinrent s'aligner pour former un étonnant pontage. Le grand chasseur qu'était Kombo-Nzombo s'élança et tous les autres le suivirent. À compter de cet instant, sa réputation de meneur ne cessa de grandir.

Avec les souffrances endurées depuis le départ de Pindiri-Kodro, chacun s'attendait au pire. Les bourreaux n'accordaient que de courts instants de repos. Au bout de nombreuses semaines, le village de Nola s'éleva devant eux. Les prisonniers étaient à bout, épuisés. Craignant que la marchandise ne dépérisse, les négriers se résolurent à s'arrêter trois jours. Quand les ordres résonnèrent de repartir vers

Batouri, bon nombre auraient préféré mourir que de continuer.

Vers la fin du trajet, tous les prisonniers furent embarqués à bord de grandes pirogues pour descendre le fleuve qui conduisait à Yaoundé. Sur un radeau rudimentaire fait de simples branches, Koukoulou se laissa discrètement emporter par le courant, ne restant jamais loin des siens. Enfin, les deux colonnes parties de Pindiri-Kodro arrivèrent à Bonny lourdement décimées. Les blancs estimèrent qu'une centaine d'esclaves avaient péri, que d'autres avaient perdu la raison. Parmi les survivants se trouvait Kombo-Nzombo. Même s'il aurait pu s'évader à trois reprises au moins, il était demeuré parmi ses frères. Il conservait l'espoir de les libérer. Ce qu'il ignorait à ce moment-là, c'est que Koukoulou se cachait non loin de là, et qu'il voulait sauver son frère.

7

Au plus offrant

Le *Vent d'Armor* avait navigué plusieurs heures à proximité de la côte, bénéficiant d'un vent de terre nord-nord-est. Depuis qu'on avait levé l'ancre, le capitaine et René-Louis ne s'étaient guère quittés, tous deux surveillant aussi bien le travail des gabiers* que celui des matelots chargés de nourrir les esclaves. À présent, il avait à son bord cent soixante-huit noirs. Il en manquait beaucoup encore, mais déjà ils étaient trois fois plus nombreux que l'équipage, et même plus!

Le charpentier vint rendre compte de la situation au capitaine.

— Alors monsieur Pellerin, votre bois d'ébène se porte-t-il bien?

— Oui, capitaine. Ils ont assez de place pour aller et venir aussi bien que des rats. Ils ont mangé de l'igname et ce matin du riz. Ils sont calmes, sauf ceux qui ne supportent pas la mer.

— Ça leur passera d'ici un jour ou deux. Veillez sur tous, hommes et femmes. Surtout qu'ils soient tous bien aérés.

Ce soir-là, avant de prendre son quart*, René-Louis dîna avec le charpentier. Le coq, qui devait nourrir tout l'équipage et surveiller aussi la cuisine des noirs faite par les négresses, avait préparé de la bonne viande d'antilope. En les servant, il avait prévenu :

— Régalez-vous, il n'y en aura plus demain. L'animal a été tué hier et j'en ai hérité ce matin. La viande se corrompt vite sous cette chaleur, et j'ai été obligé de tout préparer pour aujourd'hui.

— Tout ?

— Oui, l'équipage se régale déjà.

Ils apprécièrent eux aussi.

René-Louis aimait la compagnie du charpentier. C'était un homme économe de ses gestes et de ses paroles, une sorte de sage qui avec son seul couteau transformait facilement un simple morceau de bois en petite poupée ou en oiseau. René-Louis lui demanda :

— Vous en êtes à votre deuxième ou troisième voyage de traite ?

— Le troisième, ce qui est beaucoup pour un homme ordinaire fait de chair et de sang.

— Vraiment ?

— Quand les hommes volent les arbres, c'est pour en faire des navires, ou des maisons. Les hommes donnent du prestige au bois, en le taillant, en lui inventant des formes. Quand les hommes volent des hommes pour l'esclavage, c'est pour les avilir, les faire mourir...

— Mais ce sont des noirs, je l'ai déjà dit et répété à un ami.

— Vous verrez, au fil des jours, après les avoir regardés assez longtemps... vous reconnaîtrez que ce sont des hommes.

— Comme vous et moi?

— Comme n'importe qui.

Il se tut, mangea avec appétit et demanda :

— Monsieur, je peux vous faire une confidence?

— Bien sûr...

Il hésita et reprit :

— À vivre ensemble des semaines et des mois à bord, avec les nègres, j'ai fini par ne plus voir le noir de leur peau. Je vois des bras, des jambes, des têtes, des mains, et c'est comme si je ne pouvais plus voir qu'ils sont noirs, sans vraiment faire un effort.

Il se tut encore, ferma les yeux une longue minute et continua :

— Oui, ce sont des hommes, et les femmes ressemblent à nos mères et à nos sœurs.

Il avait parlé avec beaucoup de gravité, et René-Louis n'osa pas répondre. Il continua à manger. Plus tard, quand son assiette fut vide, il questionna :

— Mais pourquoi avez-vous embarqué de nouveau?

— La Compagnie des Indes, vous la connaissez bien, monsieur, je crois?

— Parfaitement bien.

— Elle s'est séparée de plus de cent charpentiers de marine alors que je travaillais pour elle depuis deux années : j'étais du lot. Aujourd'hui c'est pire, elle renvoie des charpentiers chaque année. Je suis à bord du *Vent d'Armor* pour gagner ma vie, c'est tout.

— Vous en souffrez, dirait-on.

— Je passe le meilleur de mon temps à sculpter la Vierge Marie. Elle est la mère de Dieu. Elle peut me comprendre et peut-être même alléger mes peines.

En ce début de nuit, la mer devint houleuse et profonde. Du parc des hommes noirs monta un chant. Ce n'était pas une plainte, mais une sorte d'appel. Peut-être que les esclaves espéraient qu'un dieu pourrait sortir de l'océan et les aider à continuer à vivre.

Le *Vent d'Armor* poursuivait sa route, voiles gonflées. Sa carène, que les hommes avaient si bien modelée, savait épouser parfaitement toutes les courbes de la mer.

Quand ils mouillèrent au large de Bonny, tous les esclaves achetés à Ouidah étaient marqués. René-Louis avait vu le chirurgien très heureux d'accomplir cette tâche. Seul l'aide charpentier l'avait assisté. Le jeune Tanguy Coatmeur aurait préféré rester à l'écart. Certains à bord se moquaient un peu de lui, répétant qu'il avait du sang de navet et que de ce fait il était privé de courage. Il s'en moquait. Dès qu'il le pouvait, il était du côté des femmes. C'est lui qui avait choisi celles qui cuisinaient.

Dès qu'ils eurent mis en panne, le capitaine fit tirer trois coups de canon.

— Je n'ai jamais traité ici, et ce sera peut-être plus difficile qu'à Ouidah.

— Capitaine, il semble que la côte soit plus abordable.

— Peut-être, mais regardez comme nous tirons sur nos ancres. Il y a un mauvais courant qui voudrait nous entraîner. Nous sommes à l'embouchure d'un grand fleuve.

— Plus grand que la Loire ?

— On le dit, c'est sans doute vrai. Monsieur de Coatarzel, nous irons à terre ensemble, avec votre pilotin et monsieur Pellerin.

— À vos ordres.

— Laissons passer une heure avant d'embarquer dans notre chaloupe. Il n'est jamais bon de se précipiter, et ce petit délai fera que tout le monde aura eu connaissance de notre arrivée.

Une heure plus tard, alors qu'ils venaient de monter dans la chaloupe, un matelot leur cria :

— Navire au large !

Le capitaine remonta à bord et prit sa lunette. Il observa à l'horizon un long moment un bateau qui montrait déjà tous ses huniers.

— Voilà qui change la donne. Un capitaine arrive ici, avec les mêmes intentions que nous certainement. Espérons que les factoreries* déborderont de noirs et que chacun trouvera son compte.

À terre ils étaient attendus. Les naturels du rivage avaient l'habitude de recevoir des navires pour la traite. Ils se laissèrent guider. Derrière eux, les quatre matelots qui avaient tiré sur les avirons portaient un coffre, deux grands sacs et un petit tonneau d'eau-de-vie. Ils marchèrent une demi-lieue avant d'arriver dans une clairière où le roi les attendait. Le capitaine, qui avait revêtu un bel habit bleu, le salua en se courbant aussi bien certainement que les courtisans le faisaient à Versailles. Il tira l'épée qu'il portait au côté et la déposa sur les genoux du roi qui était resté assis. Il lui dit :

— Monsieur, je suis votre serviteur. Veuillez accepter cette épée, mon épée, que je vous offre.

Le roi observa longuement chaque blanc et regarda autour de lui en souriant. Personne ne bougeait. Il était entouré de plusieurs jeunes hommes qui étaient équipés d'une lance. Certains avaient en plus un arc et des flèches. Tous, comme le roi, étaient habillés d'une culotte blanche, et tous étaient coiffés d'une toque de léopard. Sur leur poitrine nue pendaient des colliers avec de nombreux grigris.

Aux pieds du roi, sept très jeunes femmes étaient assises sur des peaux de bête. Elles ne cachaient pas du tout leur nudité. Toutes portaient de lourds bracelets de métal aux poignets et aux chevilles, plus des colliers de cou et de hanches. Le roi, qui n'avait pas encore dit un mot, leva la main droite, et aussitôt des tamtameurs qui étaient un peu à l'écart, près des arbres, firent un pas en avant et commencèrent à cogner à mains nues sur la peau de leurs grands tambours. Les jeunes femmes se levèrent et dansèrent. Elles frappaient la terre des pieds et en cadence pliaient leur corps jusqu'à leurs genoux avant de le rejeter en arrière et de sauter. Le spectacle dura plusieurs minutes. Quand il s'acheva, les femmes reprirent leur place. Le capitaine les salua aussi bien qu'il avait salué le roi. Il lança à la ronde :

— J'ai ici des cadeaux pour votre grand roi que je ne connais pas encore. J'espère qu'il les aimera.

Le roi se leva et dit simplement en bon français :

— J'aime tous les cadeaux.

Il ajouta :

— *I love all presents.*

Comme il l'avait toujours fait, le capitaine fit étaler les cadeaux devant le roi, qui toucha lui-même de ses deux mains les tissus. Et puis il soupesa les mousquets et les fusils. Enfin, en connaisseur, il examina les différents pots d'étain avant de se saisir des ciseaux et d'aller couper quelques feuilles aux branches des arbres. Ensuite, il se fit servir un verre d'alcool.

— C'est de l'eau-de-vie de Cognac, lui précisa le capitaine.

Le roi lapa un peu, but une gorgée. Il eut l'air d'apprécier et dégusta doucement le reste de son verre.

— Excellent, excellent…

Il allait répéter pour la troisième fois « excellent » quand on entendit un premier coup de canon, puis un deuxième et un troisième. Un homme débavla en courant et parla au roi dans une langue qui ne chantait ni comme le français ni comme l'anglais ni comme le breton. Le roi sourit et repartit s'asseoir. Il prit l'épée qui était maintenant à lui et la reposa sur ses genoux.

Un homme noir, qui, en plus de sa culotte blanche, portait une chemise bleue un peu usée, s'approcha du capitaine et lui dit :

— Nous avons des esclaves, des Ibos, beaucoup d'Ibos… le roi Zibiriti vous les cédera à un bon prix.

C'était Mazawili, le courtier qui négociait pour le roi. Il précisa :

— Dans nos factoreries, vous verrez, les femmes sont belles et jeunes, et tous les hommes sont forts jusqu'au bout des doigts !

Le capitaine fit signe à un homme d'équipage qui s'approcha, et il offrit au courtier une pipe et un rolle de tabac.

Alors qu'ils regagnaient leur bord, ils croisèrent le capitaine de *La Belle Agnès*, le senau* de La Rochelle qui venait de mouiller à portée de voix du *Vent d'Armor*.

— Voilà un homme bien pressé, ses voiles ne sont pas encore coiffées et il se précipite à terre!

— Il veut peut-être nous voler notre tour, suggéra René-Louis.

— C'est bien possible. Nous avons de la belle marchandise à proposer, mais lui aussi sans doute. Il va falloir que l'on joue serré.

L'encre noire de la nuit n'avait pas encore teinté complètement les vagues de la mer quand le capitaine Kermarec et René-Louis montèrent à bord de *La Belle Agnès*. Jacques Despivent, qui commandait le senau, les avait invités à dîner.

— Bienvenue, messieurs.

— Merci pour l'invitation, capitaine. Joli navire, il me semble.

— Joli et bien marin. Me voici à Bonny après seulement vingt-huit jours de mer. Suivez-moi, un bon repas vous attend et nous serons mieux à l'abri. Ici le vent de nordet nous caresse trop la couenne.

Dans la petite salle à manger des officiers, ils retrouvèrent deux lieutenants. Le capitaine Despivent invita chacun à s'asseoir et fit servir un verre de vin.

— Du bordeaux, messieurs. Du vrai vin de France. J'en ai dix barriques pour Saint-Domingue. Goûtez-moi cela, sans retenue.

Ils goûtèrent et apprécièrent.

— Messieurs, je vous ai fait préparer le meilleur des oiseaux d'Afrique. Un jour, quand nous aurons acheté et revendu tous les hommes et toutes les femmes de ce continent, nous trafiquerons ces oiseaux-là. Leur chair est délicieuse…

René-Louis demanda :

— Comment les nommez-vous, ces oiseaux de bouche ?

— Ce sont des pintades, monsieur. Après le repas, vous aurez envie d'en prendre à votre bord pour les déguster en mer.

— Avez-vous goûté la cuisine des naturels d'ici ? J'ai vu leurs marmites au cul noir posées sur trois pierres.

— Je ne suis pas un sauvage, monsieur, je ne mange pas avec mes doigts !

Tous rirent. On les servit et ils discutèrent. Chacun raconta aux autres son voyage. Le capitaine Despivent connaissait le roi de Bonny. Il avait déjà traité avec lui et avait dans ses cales exactement de quoi satisfaire ses besoins : des fusils de France et de Birmingham, des barres de fer, des cotonnades de Rouen et surtout des petits miroirs portables, ovales. Le roi en avait possédé un qui s'était brisé en tombant sur le sol et en voulait des mille et des cents!

— Oui, il veut se voir, s'admirer jour et nuit probablement. Il veut un miroir pour chaque heure de chaque jour et sans doute en changer au fil des jours de l'année. J'ai ce qu'il lui faut.

— Vous comptez traiter combien de noirs, monsieur?

— Cinq cents, pas un de moins.

— Et vous les mettrez où?

— Plus ils seront entassés et serrés, moins ils auront froid en mer! J'ai de la place. Ce navire a un entrepont de quatre pieds, ils y seront aussi bien alignés que des ceps de vigne bien plantés!

— Trop serrés, vous en perdrez. Il faut qu'ils aient un peu leurs aises pour arriver vivants et en bon état.

— C'est vrai, mais je n'en perdrai pas plus de trente ou quarante… cinquante au pire.

Ils burent du café et fumèrent quelques pipes avant de se séparer.

— Monsieur, je vous souhaite une bonne traite. Merci pour l'excellent repas.

— Bonne traite à vous aussi, capitaine.

Le lendemain matin, quand René-Louis, le capitaine et l'enseigne arrivèrent à terre, ils allèrent tout de suite voir le charpentier qui, avec son aide, construisait un petit baraquement.

— Comment allez-vous, monsieur Le Guillou?

— Très bien, capitaine. Ici, les arbres sont encore plus vivants qu'ailleurs. J'ai l'impression qu'ils me parlent.

— Et dans quelle langue?

— Une langue secrète, un peu comme celle que vous comprenez vous, capitaine, quand les alizés soufflent avec force dans les voiles.

— Jo Le Guillou, vous êtes un poète, je ne le savais pas. Bon travail.

Il fit un pas, mais le charpentier le rappela:

— Capitaine, savez-vous que vous êtes très en retard? Le capitaine de *La Belle Agnès* vous a brûlé la politesse, il est à terre depuis deux heures déjà!

Le capitaine Kermarec se tourna vers son second et vers l'enseigne. Résigné, il leur lança:

— C'est un coquin. Il nous a endormis hier soir avec de belles paroles, mais il passe devant nous. Il va falloir que nous usions de beaucoup de malice pour être bien servis.

— Cinq cents esclaves pour lui, je me demande combien il en restera pour nous?

Un peu plus tard, quand ils rencontrèrent le roi, le capitaine de *La Belle Agnès* n'était déjà plus là. Il était avec le courtier principal et visitait les facto-reries où les esclaves attendaient d'être achetés.

Le roi les reçut avec la plus délicieuse des politesses. Il leur prêta à chacun un de ses miroirs à main pour qu'ils se regardent eux aussi. Lui et ses jeunes femmes ne cessaient de s'admirer, détaillant leur image dans un miroir et un autre et un autre.

— Messieurs, rattrapons ce courtier et voyons comment acheter au mieux notre compte d'esclaves sans nous laisser trop distancer.

— Capitaine, j'ai une petite idée…

— Je vous écoute, monsieur de Coatarzel.

— Je crois que nous pouvons jouer au plus malin et peut-être bien être servis les premiers, par la volonté du roi.

— Mais encore ? Expliquez-vous.

René-Louis s'approcha du capitaine et lui parla à l'oreille, à la manière d'un complice qui ne veut pas être entendu. Au grand étonnement de l'enseigne, qui assistait à la scène, le capitaine éclata de rire.

Pas très loin, dans la forêt, Koukoulou venait de sacrifier deux antilopes qu'il avait piégées. C'est aux yanda qu'il offrait leur sang. Les yanda oseraient sortir de la forêt à présent, certainement, pour l'aider à accomplir sa mission.

8

René-Louis, homme-miroir

Le soleil commençait à se montrer généreux quand le capitaine Kermarec et René-Louis revinrent vers le roi. Ils avaient fait un aller-retour à bord du *Vent d'Armor*, où ils avaient laissé l'enseigne. Dans sa clairière, le roi était mi-allongé sous le toit de paille d'un apatam*, dans un fauteuil recouvert de peau de bête. Autour de lui, quatre de ses jeunes femmes lui massaient le corps en appliquant sur ses bras et sur ses jambes une décoction encore fumante de pétales de fleurs.

Le roi, d'un signe de tête, les invita à s'asseoir non loin de lui. Le capitaine Kermarec ouvrit un coffret et en sortit une belle pipe d'au moins un pied de long! Il tassa un peu de tabac dans son fourneau, la porta à sa bouche et l'alluma. Pendant ce temps, René-Louis avait posé sur l'herbe son nécessaire pour dessiner et peindre. Sur une grande feuille épaisse, il commença à faire le portrait du capitaine qui resta là, bien assis, paisible, à tirer sur sa pipe. Le roi, qui se laissait toujours toucher le corps par ses femmes, les observa sans rien dire. Plusieurs minutes passèrent ainsi et, étrangement, personne ne parla. Quand enfin les femmes laissèrent le roi, il demanda à l'un de ses chasseurs qui étaient postés près de là de s'approcher. Il lui parla en désignant du doigt le capitaine. Le chasseur rit de bon cœur et alla demander au capitaine, avec quelques mots et de nombreux gestes, s'il acceptait d'offrir sa pipe au roi, qui voulait lui aussi fumer. Sans attendre le bon vouloir du fumeur, le chasseur lui enleva la pipe de la bouche!

— Non!

Le capitaine, debout, récupéra sa pipe et se la remit dans la bouche. Le chasseur, surpris, marqua un temps. Le capitaine prit son coffret, l'ouvrit, et se dirigea vers le roi. Arrivé à sa hauteur, il le salua de nouveau et lui montra, posé sur un tissu de velours noir, une pipe tout à fait identique à celle qu'il serrait entre ses lèvres.

— Je vous l'offre, grand roi Zibiriti, et si vous le voulez bien, fumons ensemble.

Un instant plus tard, le capitaine avait repris sa place. Il fumait et le roi fumait aussi. Les chasseurs et les femmes exprimèrent leur joie en lançant quelques cris et en se donnant de grandes claques sur le corps.

René-Louis, qui trempait à présent un pinceau dans une petite fiole contenant de l'eau, commençait à mettre un peu de couleur sur le dessin qu'il avait achevé. Quand le roi et le capitaine eurent terminé leur deuxième pipe, René-Louis se leva et montra le résultat de son travail au capitaine. Celui-ci regarda son portrait longuement, hocha la tête et sortit de sa poche une toute petite pipe en bois qu'il offrit à René-Louis. Tous se mirent à rire. C'est vrai que cette petite pipe-là semblait un peu ridicule à côté des longues pipes que le capitaine et le roi avaient toujours à la bouche.

Le capitaine reprit en main son portrait et, plusieurs fois, en hochant la tête montra son contentement. Un chasseur tout d'abord, une femme ensuite et d'autres chasseurs et d'autres femmes s'approchèrent et regardèrent. Tous poussèrent de grands cris de joie, certains sautèrent sur leurs jambes. Tous admiraient la ressemblance incroyable entre le portrait peint et le modèle. La scène aurait certainement duré très longtemps, si le roi n'avait donné un ordre pour que chacun reprenne sa place dans la clairière. Quand le calme fut revenu, le roi posa sa pipe sur l'herbe et demanda à l'une de ses femmes de lui apporter la peinture. Quand il l'eut sous les yeux, il l'observa de longues minutes sans rien dire. Enfin, il se leva et prit un de ses miroirs. Il s'approcha du capitaine, lui demanda de tenir le miroir face à sa figure et regarda tour à tour le portrait, l'image dans le miroir et le capitaine qui ne bougeait absolument pas.

— C'est beau. Je veux du papier-miroir. Je veux me voir sur du papier-miroir.

René-Louis se leva, fit un sourire complice au capitaine et s'adressa au roi.

— Nous avons à bord du papier à écrire et du papier-miroir, mais ce n'est que du papier…

Le capitaine se leva à son tour et expliqua du mieux possible que le papier n'était que peu de chose sans le talent d'un artiste. En répétant le mot artiste, il pointait le doigt sur son second, et René-Louis, tout heureux, faisait oui de la tête. Le roi, qui avait écouté chaque mot, dit en désignant René-Louis :

— Homme-miroir.

— Oui, grand roi, c'est un homme-miroir et il peut vous peindre certainement. Il peut transformer le simple papier-miroir et vous y faire apparaître.

Le roi demanda au capitaine de répéter. Il le fit avec d'autres mots pour être sûr d'être compris. Il ajouta :

— Si nous pouvons traiter deux cents esclaves, il fera un, deux, trois, quatre ou même cinq portraits de vous.

Il répéta encore sa dernière phrase. René-Louis compléta :

— Nous voulons acheter des esclaves avant le capitaine Despivent. Nous sommes arrivés ici avant lui et nous avons comme lui des fusils, des barres de fer et beaucoup de marchandises à échanger.

Quand, un peu plus tard, le capitaine s'installa dans la maison de bois que le charpentier et son aide lui avaient construite, il dit à René-Louis :

— Nous avons réussi grâce à votre talent, monsieur. Bravo. Hâtez-vous d'aller chercher d'autres «papiers-miroirs» et de peindre le roi. Moi, je vais payer les coutumes facilement et commencer très vite à négocier avec les courtiers du roi. Envoyez-moi le jeune Tanguy et monsieur Crevel.

— Si monsieur Crevel notre enseigne est avec vous et si je suis avec le roi, qui prendra soin de notre navire ?

— Le maître d'équipage connaît son affaire, ayez confiance. Que le charpentier reste à bord lui aussi et que son aide, seul, assure avec un matelot la corvée de bois pour compléter nos réserves.

— Je transmets vos ordres, monsieur.

Un peu plus tard, alors que le soleil était tout à fait au plus haut du ciel, le capitaine de *La Belle Agnès* arriva près du capitaine Kermarec.

— Monsieur, j'ai payé les coutumes et j'ai eu l'accord des courtiers du roi pour traiter cinq cents esclaves. Il ne me restait plus qu'à établir le prix de chaque pièce, homme, femme ou enfant. Mais on me dit que ce n'est plus possible, que vous avez convaincu le roi d'être servi le premier !

— Capitaine Despivent, ne suis-je pas arrivé ici le premier ?

— Aucune loi, aucun usage ne dit que le navire qui le premier a mouillé ses ancres a la priorité.

— La courtoisie le dit, peut-être.

— Monsieur, nous faisons du commerce et…

— Allons, capitaine, je ne prends que deux cents esclaves pour compléter ma cargaison, soyez beau joueur.

— Vous avez gagné. À vous revoir, monsieur.

Il tourna les talons.

Le soir même, René-Louis avait peint trois portraits du roi. Il lui promit de le peindre en pied, avec deux de ses femmes près de lui dès le lendemain matin. Il dessinait vite et avait ce don qui permet à quelques artistes de toujours donner une bonne ressemblance aux portraits, comme s'ils avaient une sorte de sorcellerie dans les mains pour voler l'image de l'autre.

Le capitaine Kermarec, pendant ce temps, négociait et avait fait débarquer sa marchandise de traite afin de montrer aux courtiers la qualité de ses armes et munitions, de ses indiennes*, et de tous les objets, tels les briquets, les casseroles et les pots de laiton et d'étain.

Mazawili, courtier principal, assis sur un tonnelet d'eau-de-vie, semblait trouver les marchandises à son goût.

Trois jours passèrent et, enfin, le capitaine Kermarec, assisté de monsieur Crevel et du jeune Tanguy Coatmeur, était arrivé au bout de ses négociations. Il avait décidé de commencer à choisir sa marchandise noire le lendemain. Avant, il voulait retourner à bord et inspecter le navire. Vérifier si tout était bien en ordre et si les parcs étaient prêts à recevoir de nouveaux esclaves. Ceux qui avaient été achetés à Gorée ou à Ouidah savaient que d'autres allaient arriver. Les femmes du bord, qui apprenaient tout les premières, les avaient prévenus.

René-Louis, qui avait parfaitement rempli sa mission, était devenu le protégé du roi, qui lui avait offert un esclave grand et fort qu'il revendrait certainement un très bon prix.

— Monsieur, j'en ai terminé avec le roi et ses femmes. En plus des peintures, je leur ai laissé du papier à écrire et à peindre. Je suis à vos ordres.

— Monsieur de Coatarzel, merci, le *Vent d'Armor* vous doit beaucoup. Vous pouvez vaquer à vos occupations ordinaires… rester à terre et peindre même quelques paysages si vous le souhaitez. Monsieur Crevel m'assistera pour la suite.

— Alors je choisis de rester à terre et de peindre un paysage.

Le roi l'avait un peu indisposé, trop heureux qu'il était de vendre ses semblables contre des miroirs et de la pacotille.

Le courtier principal du roi arriva vers eux.

— Monsieur Capitaine, vous pourrez choisir comme vous voudrez. En plus des Ibos*, il y a maintenant des Ngbakas*, presque deux cents pièces. Ils viennent de la forêt. Ils sont arrivés hier soir.

— C'est de la bonne marchandise?

— Les hommes et les femmes de la forêt sont encore plus forts que les autres, ils sont solides comme les grands arbres. Ceux-là arrivent d'une forêt si lointaine que je ne la connais pas. On dit qu'il n'y en a pas de plus grande.

— Merci, je choisirai demain et aussitôt vous les ferez monter à bord. Je veux qu'en cinq jours au plus tout soit terminé.

René-Louis observa :

— Le capitaine Despivent va être heureux. Il aura ses cinq cents pièces. Il pourra mettre à la voile juste après nous.

— Oui, il fera route vers Saint-Domingue. Nous ne le retrouverons pas avec nous à Fort-Royal, heureusement. Quand trop d'esclaves sont à vendre, les prix baissent.

— Monsieur, je vais aujourd'hui même peindre un ou deux paysages d'ici, puisque vous m'autorisez à rester à terre.

René-Louis s'éloigna, son matériel sous le bras. Il voulait aller plus loin, découvrir un peu les arbres, les fleurs et la nature sauvage. Il savait qu'à Nantes il trouverait facilement un collectionneur pour lui acheter un paysage de cette Afrique inconnue, si sauvage, si mystérieuse. Il s'éloigna sur une petite piste. Elle était empruntée sans doute par les chasseurs, qui prenaient le risque d'user la corne de leurs pieds pour ramener tout autant de la viande rouge que des termites ou des chenilles, afin de nourrir le roi et sa cour. Il avait fait moins d'une demi-lieue quand il entendit un bruit tout doux qu'il reconnut : de l'eau coulait près de lui. Il s'écarta un peu de la piste et découvrit derrière un fouillis de liane une petite cascade dont l'eau pure courait en épousant les plis de la terre rouge. Il se déchaussa et trempa ses pieds dans l'eau. Il se mit à genoux et mouilla son visage et ses cheveux. L'eau douce lui faisait du bien. Elle était juste fraîche, et il lui sembla qu'elle venait de naître là, pas loin quelque part au milieu des rochers qu'il apercevait. Il s'installa à couvert pour ne pas être brûlé par le soleil et, bien assis sur une grosse branche qui semblait tombée du ciel, prit ses crayons et ses couleurs. Il commença à dessiner avec précision. Il voulait que celui qui achèterait son œuvre sente bien la force de la nature avec ses lianes enchevê-trées, d'où s'extirpaient les arbres les plus forts, comme des géants invincibles. Des lianes qui ne pouvaient rien contre la malice de l'eau glissant sous elles pour aller en voyage plus loin ou s'enfon-cer jusqu'au cœur de la terre.

Son dessin terminé, il lui restait à le remplir de couleurs.

9

Le portrait de Koukoulou

René-Louis tenait entre trois doigts un pinceau, très fin, et se caressait le creux de la main avec la petite touffe de poils toute douce. Il hésitait : fallait-il commencer par le bleu du ciel ou trouver tout d'abord les différents tons de vert des feuilles, des lianes, des herbes ? Il n'eut pas le temps de choisir. Il entendit un léger craquement. Il leva la tête et aperçut au-dessus de lui un léopard qui le fixait. Alors tout se passa en un éclair. La bête se replia sur elle-même, comme si elle ne voulait plus être que deux yeux qui visaient l'homme aussi immobile qu'une pierre. Elle se détendit et avec une force et une vitesse empruntées au pire des ouragans, elle bondit sur sa proie.

Il tomba allongé, tenant toujours son dessin entre le pouce et l'index de sa main droite.

Il entendit le rire de sa jeune sœur qui lui disait : «Tu peux te relever, René-Louis, il y a longtemps que tu as fini de compter jusqu'à cent et nous sommes toutes cachées… » Il n'ouvrit pas les paupières. Il ne le pouvait pas. Ses yeux fermés voyaient et revoyaient l'incroyable scène… Le léopard plus vif que la mitraille, gueule ouverte pour le dévorer, griffes sorties pour le déchirer ; le léopard arrêté dans son élan et restant immobile en l'air ; le léopard effrayant, qui lui avait fait assez peur pour que la peur le couche dans l'herbe ; le léopard qui disparaissait, les babines de sa gueule s'effaçant les premières et ensuite ses dents et son corps qui ondulait sous sa fourrure. Oui, le léopard suspendu dans les airs qui s'effaça jusqu'à ce que le dernier poil de sa queue ne soit plus là !

Il se questionna : « Ai-je rêvé ? Suis-je fou ? »

Il finit par se redresser et s'asseoir dans les herbes. Alors seulement il réussit à ouvrir les paupières et à voir le monde alentour. Il distingua un garçon noir en face de lui, un garçon qui venait de se redresser et qui était exactement dans la même position que lui. Il se leva, et bizarrement le garçon noir se leva comme lui, aussi lentement. Quand ils furent face à face, le jeune noir ne bougea plus. René-Louis regarda partout, mais ne vit aucune trace de la présence de la bête. Le sol n'était pas griffé, l'herbe était droite.

Le jeune noir le fixait avec force. Il fit un pas vers lui et désigna la branche sur laquelle le léopard s'était tenu. René-Louis regarda mais ne vit rien. Le noir lui prit le bras et le serra. Il désigna de nouveau la branche et là, incroyable, René-Louis, l'espace d'un instant, eut l'impression que le léopard était là, de nouveau, prêt à bondir! Il s'écarta, mais le garçon le retint. Alors le jeune noir désigna la branche. Puis, il posa ses deux mains sur sa poitrine et ensuite avec ses doigts montra sa bouche et tapota sur son torse nu. Il dit:

— *Lo yéké na ya ti bè ti mbi, mbéni yéké zingo lo*[1].

René-Louis comprit le geste mais pas les paroles. Autour de lui le monde n'avait pas changé, l'eau coulait toujours et les arbres bruissaient dans le vent, mais il avait encore peur. Il lui fallut plusieurs minutes pour retrouver toute sa raison et toutes ses forces. Il demanda en une seule longue phrase: «Mais qui es-tu? D'où viens-tu? Comment as-tu fait pour me sauver et pourquoi m'as-tu sauvé? D'où tiens-tu ce pouvoir extraordinaire?»

Le garçon n'avait pas bougé. Il posa au sol ses flèches et son arc. Il avait autour de la taille une sorte de ceinture qui retenait un long couteau, comme René-Louis n'en avait encore jamais vu. Pour tout habit, un unique morceau d'écorce lui cachait le sexe. Mais il portait partout, autour du cou, des cuisses, des bras, des grigris faits d'os d'oiseaux, de boulettes durcies de toiles d'araignées, d'écailles de crocodiles…

---

1. Elle est cachée en moi! Un jour je la réveillerai, peut-être.

René-Louis se désigna en pointant son index sur sa poitrine et répéta plusieurs fois :

— Moi, René-Louis, moi, René-Louis, René-Louis…

Il insista. Le garçon finit par sourire et il le toucha en disant :

— René-Louis… René-Louis…

Il avait compris et il se désigna en disant à voix presque basse :

— *Mbi* Koukoulou Yambila… *mbi* Koukoulou Yambila… *mbi* Koukoulou Yambila…

Chaque fois il laissait un temps entre mbi et Koukoulou Yambila. René-Louis s'approcha de lui et lui mit un doigt sur la poitrine. Il dit :

— Koukoulou Yambila.

Ils rirent. René-Louis pensa : « Ce garçon m'a sauvé la vie. Je ne sais pas comment il a fait, mais c'est un fait. Il m'a donné tous les secours de l'amitié alors que je ne le connais pas et qu'il est noir ! » Il dit :

— Koukoulou, assieds-toi.

Koukoulou resta debout. René-Louis appuya sur ses épaules et le fit asseoir. Il prit ensuite une feuille et ses crayons, et il dessina le portrait de son sauveur. Quand ce fut fait, il le lui donna. Koukoulou regarda, mais ne montra aucun étonnement. Il comprit cependant que c'était un cadeau. René-Louis attrapa une large feuille de mukulungui* dans laquelle il enroula le dessin. On aurait pu croire qu'il s'agissait d'une feuille de tabac fraîchement coupée.

— Tiens, Koukoulou, c'est pour toi.

Le jeune noir prit le rouleau et dit :

— *Mbi ké goué ti mbi, a lingbi mbi ouara ita ti mbit i koli, mbi goué ti mbi awé*[1].

René-Louis fit une grimace, qui montra bien qu'il n'avait pas compris. Koukoulou alors écarta les bras et le regarda dans les yeux. Que se passa-t-il ? Quand René-Louis se réveilla, il était allongé et avait les paupières lourdes. Il réussit à s'asseoir et vit devant lui Koukoulou dans la même position. Il se leva doucement, Koukoulou fit de même, doucement aussi. Quand il eut repris ses sens, Koukoulou lui dit en bon français :

— Je dois partir, il faut que je retrouve mon frère, que je le sauve.

Il partit en courant, sauta dans l'eau et disparut sous les arbres. Lui seul savait que les yanda, les grands esprits de la forêt, avaient soufflé dans sa bouche et son ventre les jumeaux des mots que le blanc cachait en lui.

René-Louis se demanda : « Mais que m'est-il encore arrivé ? Est-ce que j'ai bien entendu ce noir me parler en français ? Il faut que je parte d'ici, je rêve éveillé ! » Il rangea son matériel et sa grande

---

1. Que je m'en aille, il faut que je retrouve mon frère, au revoir.

feuille sur laquelle le paysage attendait d'être mis en couleurs. Il dit tout haut.

— J'achèverai cela à bord, j'ai une bonne mémoire, je ne trahirai pas la nature.

Koukoulou attendit la nuit. Il monta tout en haut d'un grand iroko. Il voulait respirer au plus près du ciel. Pendant des heures, yeux fermés, il reprit des forces. Quand il se sentit prêt, il descendit de l'arbre et se mit à genoux avant de baisser la tête pour respirer longuement la terre. Quand ce fut fait, lui qui savait distinguer une mouche noire dans la nuit noire entra dans la forêt. Il alla jusqu'à la source, à côté de l'endroit où il avait rencontré René-Louis.

Là, il se lava le corps et, quand ce fut fait, il but trois fois l'eau qui naissait.

Il fit quelques pas, retrouva la clairière qu'il connaissait et appela intérieurement la bête qui pouvait l'aider. Il n'eut pas à attendre longtemps, son ancêtre léopard apparut près de lui. Koukoulou exécuta alors une sorte de danse corps à corps avec l'ombre de l'animal. Avec cette ombre, il se roula dans l'herbe. Il retrouva l'odeur de sa terre-naissance.

La lune du ciel disparut, laissant orphelines les étoiles. Koukoulou leur parla dans la langue que

Massaragba avait utilisée plusieurs fois devant lui à l'époque de son initiation dans la forêt. Koukoulou savait ce qu'il devait faire, et il le ferait.

Il partit vers Bonny et la factorerie du roi Zibiriti. Rien ni personne ne pouvait entendre ses pas. Rien ni personne ne pouvait le voir dans la nuit. Koukoulou se sentait fort. Il marchait en se laissant guider par ses jambes qui décidaient seules de l'itinéraire.

Toujours accompagné du souffle de son ancêtre, il arriva sur une plage. Des petites vagues vinrent mourir à ses pieds. Koukoulou goûta l'eau et vite la recracha. Elle était salée! Il devinait que le fleuve qui coulait là était différent de son Oubangui. De l'eau salée? Est-ce que des poissons peuvent vivre dans l'eau salée? Est-ce que les talimbi de l'Oubangui peuvent vivre dans l'eau salée?

Après avoir beaucoup marché sur la plage, il revint en arrière en empruntant une petite piste à peine tracée dans les herbes. La factorerie se dressa devant lui. Elle était un peu à l'écart des cases d'habitation où vivait le roi Zibiriti, avec ses épouses et son peuple. La muraille de bois qui entourait la factorerie la protégeait des regards. Les esclaves étaient bien enfermés derrière... Koukoulou remarqua les sentinelles armées de sagaies. Il y en avait deux à la porte et une à chaque coin de la factorerie. Il sourit. Il s'agenouilla et murmura quelques mots dans son langage mystique. Il se redressa, observa un instant les alentours, et claqua des doigts. Les deux hommes qui gardaient la porte furent immobilisés. Il les figea sans qu'ils aient seulement le temps de pousser un cri. Il fit de même avec les quatre autres sentinelles. Alors il s'approcha, sortit une de ses flèches, l'enroba d'écorce sèche. Il la fit tourner sur un morceau de bois d'ayous qui ne le quittait jamais. La pointe de la flèche s'enflamma. Tout de suite Koukoulou l'ajusta sur son arc et il tira par-dessus le mur de la factorerie. La flèche alla s'enfoncer dans le toit d'herbes sèches. Le feu ne se fit pas attendre, les hurlements non plus.

Koukoulou poussa un cri que seul Kombo-Nzombo reconnut. Une seconde après, le même cri lui répondit.

La nuit alors devint vivante. La porte de la factorerie céda et les premiers esclaves apparurent. Ils s'enfuirent. Kombo-Nzombo arriva près de Koukoulou.

— Partons. Notre fleuve nous attend.

— Non, Koukoulou. N'abandonnons pas notre peuple. Pars, toi. Moi, je reste. Plus un seul des nôtres ne doit rester prisonnier.

Il appuya son front sur celui de son frère, une fois du côté gauche et deux fois du côté droit, oui, une fois du côté gauche et deux fois du côté droit. Il disparut.

Les hommes du roi Zibiriti arrivaient, armés. Des hommes blancs arrivèrent aussi. La chasse aux esclaves commença dans la nuit. On entendit des cris, des coups de feu. Les hommes blancs, qui avaient allumé des grosses lampes, riaient chaque fois qu'un homme, qu'une femme ou qu'un enfant était capturé.

Koukoulou s'éloigna de quelques pas, mais il revint vers les flammes. Il resta là, sans bouger. Il était épuisé. Il n'entendait plus la voix de son ancêtre. Il jeta son arc dans un buisson et il assista à la violence des blancs et à celle des noirs. Il comprit que les premiers n'avaient pas de cœur dans la poitrine.

10

Le vent de la révolte

Les premiers esclaves qui furent hissés à bord avaient encore la peur dans les yeux. Ils avaient cru mourir quand les deux bâtiments de la factorerie où ils étaient enfermés avec leurs frères avaient brûlé dans la nuit. Le vent avait attisé le feu et les gerbes de flammes étaient montées haut dans le ciel noir, pour s'en prendre aux étoiles! En fait, seulement une douzaine de nègres avaient péri. Le capitaine Kermarec, tout de suite alerté par les cris, avait fait remarquer aux autres qui étaient arrivés en même temps que lui:

— Ça sent le cochon grillé!

Tanguy Coatmeur, qui était tout autant apeuré qu'émerveillé devant le brasier, avait demandé:

— Mais comment un tel feu peut-il prendre là, en pleine nuit, alors qu'il n'y a pas d'orage?

— C'est l'Afrique, jeune homme. Je la connais peu, mais j'y ai vu des choses étranges lors de mes séjours de traite… Nous parlerons de cela un jour, je te raconterai, mais pour l'heure, je ne veux pas alimenter ta peur !

Les chasseurs du roi et les courtiers armés n'avaient eu aucun mal à rattraper les Ngbakas qui avaient voulu fuir dans la nuit. Ils étaient tous bien ferrés, deux par deux, et le feu n'était pas leur allié. Quand les comptes furent faits le lendemain aux premières lueurs de l'aube, il ne manquait que cinq hommes.

— Cinq en tout ont donc réussi à fuir…

— Pas sûr, capitaine, répondit le courtier qui pour une fois avait un habit sale, souillé par les cendres.

Il continua en souriant :

— Il y a des corps qui auront complètement brûlé, qui sont partis en fumée sans laisser de trace. Peut-être qu'aucun esclave n'a réussi à s'enfuir. Et puis, on en a un de plus. On a attrapé un jeune Ngbaka qui regardait sans bouger, je ne sais pas d'où il sortait. Il était là, sans aucuns fers !

Le capitaine et le courtier avaient décidé de commencer tout de suite l'embarquement. Les quelques Ngbakas partis en fumée seraient remplacés par des Ibos.

Le *Vent d'Armor* filait vivement et régulièrement sous des vents de onze à douze nœuds. L'équipage était épuisé après avoir chargé à bord tous les esclaves d'une part, avoir envergué les voiles, soulevé

les ancres et embarqué les quelques derniers tonneaux d'eau et un beau volume de bois d'autre part.
Le capitaine lui-même était allé au bout de ses
forces, oubliant de dormir pendant tout ce temps.
À présent, hommes, femmes, enfants, étaient tous
bien encaqués* dans les parcs. Peut-être savaient-ils
qu'ils n'allaient pas mourir si ceux de Gorée ou de
Ouidah avaient réussi à se faire comprendre. C'était
toujours un étonnement pour le capitaine de constater que les noirs avaient réussi à s'inventer tant de
langues différentes !

Le capitaine s'était justement retiré dans sa belle
chambre où il avait ses aises. Là, il pouvait se
reposer des fatigues de la traite et de la mer. Il
dormait. Sous les ordres de René-Louis, le bateau
filait vers l'île de la Martinique, la plus au vent de
toutes les Antilles. Après avoir cru mourir dévoré
par un léopard, René-Louis avait bien travaillé à
l'avancement de sa fortune. Il y avait à bord trois
esclaves qui lui appartenaient : celui que le roi lui
avait offert et deux autres auxquels il avait eu droit
naturellement en sa qualité de second capitaine.
Cela lui en faisait trois, exactement comme le
capitaine Kermarec. Trois jeunes aux membres
forts, aux muscles bien prononcés et ayant toutes
leurs dents ! Tout s'était bien passé. Seule surprise,
Koukoulou ! Il était à bord, avec les autres noirs. Il
était arrivé ferré comme les autres, et René-Louis
n'avait pas été très étonné. C'était un noir, quand

même! Les matelots, avant de le parquer, avaient
voulu lui retirer le petit rouleau qui pendouillait à
son cou. Il avait résisté et crié. René-Louis était
intervenu et avait ordonné : «Laissez-lui ça, je sais
ce que c'est, ne craignez rien.» Pour le coup, on lui
avait laissé tous ses grigris.

Les jours passaient et les nuits accompagnaient
les jours. Les négresses de Ouidah et de Gorée
faisaient seules la cuisine des nègres, qu'elles distri-
buaient dans de grandes bassines prévues pour six
ou huit. Du riz cuit à l'eau sans autre apprêt que du
sel, des fèves, de l'igname bouilli, du manioc…
Depuis que tous avaient été marqués, la vie à
bord suivait un ordre régulier, précis. Quand le
temps le permettait, les nègres étaient amenés sur le
pont pour s'aérer et se dégourdir, mais pas plus de
trente à la fois. Dans ces moments-là, les hommes
de l'équipage, armés de fusils, les observaient des
deux yeux! Les négresses avaient une surveillance
plus douce et elles pouvaient aller et venir à l'arrière
selon leur gré. Plusieurs hommes d'équipage avaient
choisi une femme parmi elles. Le capitaine tolérait
cela, à condition qu'il n'en résulte aucun trouble.
Tanguy Coatmeur, le jeune pilotin, dont le travail
à bord était exemplaire, s'était acoquiné avec celle
qui avait roulé avec lui sur le pont après avoir été

marquée. Depuis ce moment, il n'avait cessé de la
protéger et, lui si jeune, qui n'avait connu aucune
véritable amourette à terre, vivait à bord amacorné*
avec cette petite qu'il avait habillée d'une longue
chemise blanche, afin qu'aucun homme du bord
ne jouisse de la voir vivre à moitié nue. Celle-là,
Samana, portait sa chemise sur un pendelou* qu'elle
nouait autour de ses reins. Elle apprenait chaque
jour un mot de français et, sans y prêter attention,
Tanguy apprenait avec elle un peu de bambara*.

La nuit peut avoir mauvais cœur et cacher toutes
ses étoiles. Peut-être qu'elle demande des sacrifices
dans ces cas-là… Dans le ventre du bateau, les nuits
et souvent même les jours avaient mauvais cœur.
Les hommes courts ou longs se tenaient allongés de
nombreuses heures. Ils étaient tous ferrés deux par
deux. Koukoulou, malgré son jeune âge, avait été
parqué avec les hommes ; c'est vrai qu'il était déjà
grand et fort. Souvent, la nuit, Koukoulou et son
frère Kombo-Nzombo devenaient des nains, encore
plus nains que les nains des forêts et des savanes,
des nains qui pouvaient se promener autant qu'ils
le voulaient au milieu des hommes. Cela leur était
facile depuis que Koukoulou avait partagé ses grigris avec son frère. Alors, ceux qui ne dormaient
pas sentaient leur ombre courir d'un bout à l'autre
du parc et même au-dessus d'eux sur le pont. Tous
leurs frères noirs qui restaient ferrés, enfermés, ne
savaient pas que dans ces heures de nuit-là, ils

montaient sur les vergues et même en haut des mâts quelquefois. Ils parlaient à leur forêt d'Afrique en touchant le bois de la coque du bateau et celui des gréements. Ils chuchotaient des mots à transmettre aux arbres qui, là-bas dans la Lobaye*, vivaient leurs vies d'arbres libres, tête en l'air pour caresser les étoiles du ciel ou les nuages de la saison des pluies. Les membrures, l'étambot, le pavois* et tous les espars du bateau, jusqu'au grand mât qui crevait le ciel, toutes ces pièces de bois avaient gardé l'odeur d'une forêt pour qui savait sentir avec ses narines et ses lèvres et ses yeux et toute la peau de son corps. Koukoulou et Kombo-Nzombo n'en finissaient pas de dialoguer avec les craquements de nuit du navire. Ils restaient vivants, beaux dans toute leur noirceur, puisqu'ils pouvaient parler aux arbres qui, là-bas, étaient nés le même jour que leurs ancêtres, ces arbres qui s'étaient couverts de branches pour signaler leur existence au monde, comme les hommes se couvraient de paroles pour montrer aux autres qu'ils étaient en vie.

— Koukoulou, nous vivrons notre vie jusqu'au bout de notre vie et nos frères aussi.

— Nous vivrons, mais tous ont des fers et nous aussi, quand le génie de la nuit ne nous donne pas une taille de nain.

— Koukoulou, il faut user les fers, les ronger ou les ouvrir en appelant les yanda pour nous aider, nous donner une force d'hippopotame.

Tous les hommes blancs obéissaient au capitaine Kermarec, qui voulait arriver au plus vite à Fort-Royal. Après quinze jours de mer, le *Vent d'Armor* avait déjà parcouru plus de trois cents lieues. Les matelots étaient toujours prêts à tirer sur les drisses*, à prendre un ris ou à augmenter la toile. Les hommes noirs, qui auraient pu être une armée, une seule force, se querellaient. Koukoulou et Kombo-Nzombo étaient suivis par tous les Ngbakas, par les Mandingues et par les quelques Ibos qui, ils le savaient, appartenaient à la famille des génies. Mais aucun des Adjas, des Fons et des Yorubas embarqués à Ouidah ne voulait comprendre leurs paroles ou leurs gestes. Ceux-là avaient pour chef Mouhino Agboba, qui implorait Dangbé*, le dieu-serpent de tous les Fons.

— Je sais que nous mourrons, que les blancs boiront notre sang, répétait Kombo-Nzombo.

Agboba l'écoutait. Il ne répondait pas, il savait que Dangbé n'était pas loin, lui qui aime se tortiller dans les branches, et qu'il allait venir pour mener la révolte contre tous les blancs du bateau. Il ne savait dire que :

— Dangbé est là. Il viendra, il sifflera et quand il aura vaincu les blancs, il nous guidera chez nous, là-bas sur notre terre, jusqu'à nos concessions.

Kombo-Nzombo et Koukoulou ne pouvaient plus attendre. Le bateau leur parlait, et chaque jour ils savaient qu'ils s'éloignaient davantage de leur grande forêt. Chaque matin, c'était comme si la forêt de leur enfance leur parlait plus doucement.

— Koukoulou, il faut agir vite. Nous avons dans le corps la force de nos ancêtres qui ont fait pousser les forêts. Il faut jeter les blancs à la mer.

— Mais comment guider le bateau sur l'océan?

— Koukoulou, le vent retourne toujours à sa source. Le vent veut toujours revivre son enfance. Il retournera vers la forêt où il est né, où nous sommes nés. Le vent de la révolte nous guidera.

Les deux frères étaient décidés. Ils prévinrent les autres, tous les autres, espérant que même ceux qui attendaient Dangbé les suivraient. Les femmes avaient déjà volé des couteaux. Ils gagneraient, comme les Ngbakas leurs pères, qui avaient toujours vaincu les animaux malfaisants de la forêt.

Un matin, Kombo-Nzombo entendit rire les termites de la forêt, il entendit les arbres courir et danser sous la pluie. Il comprit que ce matin-là, c'était le bon moment, que toutes les étoiles tombées du ciel les nuits précédentes attendaient aux quatre coins des quatre horizons pour surgir et l'aider, lui et les autres nègres ses frères, à redevenir libres.

— *E ké goué ka na gbako*[1].

La phrase fut chantée et, de la carène au plus haut des mâts, le navire vibra. Le capitaine Kermarec,

---

1. Allons là-bas en forêt.

qui ce matin-là venait de prendre son quart, se pencha un peu et observa la mer pour voir si elle se creusait. Mais non, elle était toujours belle, et le vent régulièrement allait se blottir dans les voiles.

— Nous repartons vers nos forêts, murmurèrent les femmes qui préparaient le manioc. Samana sourit, mais un instant plus tard elle descendit par l'écoutille*. Elle avait vu Tanguy disparaître par là peu avant. Elle le retrouva dans la cale aux barriques, où comme chaque jour il faisait son inspection, vérifiant si tout était toujours bien arrimé. Il fut étonné de la distinguer là, tout au fond du bateau, dans la petite lumière de sa lampe à huile.

— Tanguy, viens…

Il s'approcha d'elle, et elle leva sa chemise pour qu'il voit ses seins bien droits. Et puis elle le serra et l'entraîna. Il résista peu. Il avait vu que toutes les barriques étaient à leur place, qu'aucune n'avait glissée pendant la nuit. Samana, qui connaissait le ventre du bateau, l'emmena dans la soute à voiles et là, sans dire un mot, elle lui enleva sa chemise. Il se laissa faire. Alors, elle le serra fort et se frotta à lui comme si elle voulait que le blanc de la peau de Tanguy s'efface ou colore sa peau à elle. Elle se frotta encore, pour qu'il devienne noir, assez noir pour n'avoir peur d'aucune nuit. Quand ce fut fait, quand ils se ressemblèrent plus encore, ils firent des gestes qu'ils n'avaient pas encore su faire et ils oublièrent le bateau, ils oublièrent la mer même, elle pourtant qui les berçait pour qu'ils naviguent l'un avec l'autre, l'un dans l'autre, au plus loin d'eux-mêmes.

Ils n'entendirent aucun des premiers cris. Ils n'entendirent pas le hurlement de Pillevic, le patron de chaloupe, qui avait fait régner la peur en abusant de son fouet. Il fut le premier à mourir, le crâne défoncé par des fers qui avaient tenu si longtemps le poignet d'un esclave enchaîné à l'un de ses frères.

Kombo-Nzombo et Koukoulou avaient réussi à transmettre une part de leur force à tous les autres, même aux femmes qui s'étaient ruées sur l'homme de barre et sur les deux sentinelles. L'homme de barre eut le temps de saisir une hache et alors qu'il reculait, il tint à distance les trois femmes qui voulaient le tuer. Le capitaine Kermarec n'avait pas eu besoin de demander à ses hommes de se battre. Plusieurs de ceux qui se reposaient avaient sauté sur le pont et, déjà armés, défendaient le bateau et leur vie.

Kombo-Nzombo poussait des cris que personne n'avait encore entendus. Leur violence alimentait la rage et l'esprit de liberté féroce des esclaves. Tous les Ngbakas, tous les Mandingues, tous les Ibos étaient déferrés. C'était comme si tous avaient avalé depuis le départ de la côte d'Afrique autant de vent que les voiles du *Vent d'Armor*. Ils avaient de la force à dépenser et ils osaient se battre et blesser et tuer. René-Louis, réveillé dans son premier sommeil, avait déchargé ses deux pistolets. Il s'était emparé ensuite d'une bouteille clissée, seule arme qu'il avait trouvée !

Un matelot passa à ses pieds en rampant. Il se demanda quelle peur le faisait ainsi embrasser le pont ! Mais avant qu'il ne trouve une réponse, il vit l'homme se lever vivement et sauter plus vite qu'un écureuil pour rejoindre un pierrier. Alors, tout se passa vite : l'homme réussit à bien orienter le canon et tira dans le paquet noir qui tentait d'envahir l'arrière, avec Kombo-Nzombo à sa tête. Le bruit et la fureur de l'arme calmèrent un instant les noirs et les blancs. Cris, gémissements, appels se mêlèrent alors au bruit des vagues et du vent dans les voiles. Kombo-Nzombo était tombé, le corps complètement déchiqueté. Quelques-uns autour de lui avaient subi le même sort. L'homme qui avait tiré était déjà derrière le deuxième pierrier, prêt à recommencer. Il allait allumer sa mèche quand Koukoulou se présenta, juste devant la bouche de l'arme. L'homme sourit en songeant que ce noir-là allait voltiger dans les airs sous la force de la mitraille. Il n'eut pas le temps de rire longtemps, le garçon noir devant lui le regarda avec une telle force qu'il tomba à la renverse, et ce fut pour lui comme si des griffes le clouaient au pont du navire. Comme si une bête lui broyait le cou. Appuyé à la lisse, tenant toujours sa bouteille dans la main, René-Louis avait tout vu. Il se mit à genoux pour prier comme dans son enfance. Il ferma les yeux pour appeler plus fort le Seigneur. Quand il les rouvrit, le combat avait cessé. Les noirs étaient vaincus. Ceux qui avaient voulu leur liberté, ceux qui avaient de grandes injures à venger avaient perdu. La mitraille qui avait tué Kombo-Nzombo avait fait s'envoler la force de tous les autres qui avaient commencé à reculer, à se recroqueviller pour se glisser dans leur parc.

— Monsieur de Coatarzel, nous l'avons échappé belle. Nous avons failli perdre le *Vent d'Armor* et la vie !

Il ne leur fallut que quelques minutes pour constater que trois matelots avaient été tués et que deux autres étaient mal en point, blessés au ventre pour l'un et à la tête pour l'autre. Le chirurgien, lui, saignait comme un porc. Une femme lui avait tranché le nez et il pleurait en poussant des petits cris.

L'enseigne eut la charge de s'occuper des blessés. René-Louis et le charpentier firent fermer les écoutilles.

Un peu plus tard, quand ils firent les comptes, ils s'aperçurent qu'ils avaient perdu dix-sept noirs. Quatorze étaient morts et bien morts et trois autres, blessés, furent achevés.

— Donnons ordre à nos morts, dit le capitaine. Les morts noirs, je veux qu'on les laisse sur le pont. Après, on verra comment punir quelques meneurs et, avant de les châtier, ce sera à eux de balancer à la mer les esclaves que nous avons tués.

René-Louis, qui avait vu mourir l'homme derrière le pierrier, commença à craindre Koukoulou, le jeune esclave qu'il connaissait. Il n'osa se confier à personne.

11
Tempête

Dans la grande confusion créée par la révolte des esclaves, personne n'avait remarqué l'absence de Tanguy. Il avait compris ce qui se passait, en entendant au-dessus de sa tête le combat, mais il était resté prisonnier de Samana. C'est l'amour qu'elle lui portait qui l'avait protégé. Elle avait semé en lui un amour fou. Il s'était tardivement échappé de ses bras et n'avait paru sur le pont qu'à la fin du combat.

Hervé Quéméner, le tonnelier, qui filtrait l'eau de quelques barriques à fond de cale, avait échappé lui aussi à la révolte. C'est à peine s'il avait été alerté par le bruit très lointain, très sourd, du pierrier, qui lui était parvenu.

Le capitaine avait été généreux en tafia, et les hommes qui s'étaient si bien battus burent trois et même quatre rations. René-Louis fit comme eux.

— Ils étaient garrottés pourtant ! observa le charpentier.

— Monsieur Le Guillou, nous serions en droit d'être étonnés s'ils étaient des hommes comme nous, mais ce sont des nègres. Ils auront transporté à bord un peu de leur magie !

L'après-midi même, quand les esclaves furent obligés de monter l'un après l'autre sur le pont, le charpentier, sous l'œil attentif du capitaine, redoubla leurs fers et leurs entraves. Tous étaient dans la plus grande crainte. Tous pensaient qu'ils allaient être tués. Le capitaine, lui, savait qu'il devait préserver sa cargaison. Chaque nègre avait de la valeur, et la vengeance contre tous ne pouvait être permise. Il montra du doigt un homme au hasard et le fit attacher au pied du grand mât. Son choix tomba sur un Fon qui n'avait en rien participé à la révolte. Il demanda un volontaire parmi les matelots pour lui infliger cinquante coups de rigoise*. Tous se proposèrent. Il désigna le petit Roparz. Une centaine d'esclaves, hommes et femmes, assistèrent au supplice. Parmi eux se trouvait Mouhino Agboba. Koukoulou, qui était au premier rang, n'avait plus assez de force en lui pour s'en prendre au bourreau.

Tanguy était là avec les autres marins et constata, une fois de plus, que les nègres comme les hommes blancs avaient le sang rouge.

— Qu'on lui balance un peu de saumure et du piment pilé sur le dos, ordonna le capitaine quand les cinquante coups furent donnés.

— Il semble mort, observa René-Louis.

Le dos de l'homme martyrisé était en bouillie. On lui jeta de la saumure pimentée, mais il ne réagit pas. Il était mort sous les coups. Le petit Roparz fit trois pas en arrière pour admirer son travail. Il n'eut pas le temps d'en profiter. Il y eut au-dessus de la tête des hommes un craquement, suivi du bruit bien connu d'une voile qui se déchire. Avant même qu'un seul matelot ne réalise ce qui se passait, la vergue de perroquet* tomba sur le pont et écrasa le petit Roparz, qui n'eut pas le temps de se signer ou d'appeler saint Brandan à son secours, pas le temps de penser une dernière fois à sa mère qui priait peut-être à cette heure, là-bas, dans l'église de Lanvellec. Revenus de leur peur, quelques mate-lots s'agenouillèrent. Le capitaine reprit tout de suite la situation en main.

— Monsieur Le Guillou, préparez-moi une autre vergue pour là-haut. Celle-ci, qui a failli nous tuer tous, qu'on la jette à la mer avec le corps des esclaves morts.

La vergue fut balancée la première. Elle flotta près du *Vent d'Armor* sans bouger. Le corps de Kombo-Nzombo fut jeté dans les vagues en dernier. Alors, tous ceux qui étaient sur le pont assistèrent à cette chose étrange : la petite vergue s'attela au corps et assez vite s'éloigna vers l'est-sud-est, en direction de la côte d'Afrique.

Koukoulou, voyant cela, se parla dans sa tête, il chanta même, et ses mots que l'océan mettait pour lui en musique disaient: «Les morts ne sont pas morts, tu vas retrouver la forêt et le fleuve, Kombo-Nzombo mon frère. Tu es le premier de nous deux que nos ancêtres appellent.»

Cette nuit-là, alors que Koukoulou était couché au milieu des autres, les yeux ouverts, il entendit prononcer son nom. Était-ce son grand frère Kombo-Nzombo qui déjà voulait lui parler, le conseiller? Il colla son oreille à la carène du *Vent d'Armor*. Il entendit, il sentit en lui une force neuve donnée certainement par les yanda, les grands esprits de la forêt, et il entendit de plus en plus fort les vents qui arrivaient pour le consoler. Kombo-Nzombo son frère était allé réveiller les arbres, lui qui avait répété souvent que le souffle des ancêtres vient parler aux vivants.

À ce même moment, René-Louis, qui veillait près de l'homme de barre, alla frapper à la porte du capitaine:

— Capitaine, le vent s'est levé brusquement, et nous sommes écumés de partout!

C'était vrai, le bateau dansait le jabadao*. René-Louis, tout de suite, fit serrer de la toile. Ils passèrent à travers la lame, alors que l'homme de barre semblait manquer de forces pour aider le bateau à fuir.

— Ma doué biniguet*! D'où sort cette tempête!?

La mer était toute courroucée, et ses vagues giflaient le navire qui semblait saoul. Les deux bordées étaient sur le pont. Les hommes luttaient ensemble contre l'inclémence du ciel et de la mer. Un chant lourd monta doucement du cœur du navire pour se faire entendre aussi bien que les respirations de la tempête. Les nègres chanteurs tamtamaient sur la carène.

— Si ça dure, on va devenir fous, hurla René-Louis.

— Sauf si on fait un trou dans l'eau, monsieur de Coatarzel.

Le capitaine, qui en avait vu d'autres, savait que son bateau avait les reins solides, et il plaisantait un peu, peut-être pour rassurer son monde. Pourtant, le vent augmentait encore, les lames grossissaient. Le *Vent d'Armor* se cabrait et quand il plongeait dans une vague, c'était pour la percer avec son beaupré, comme s'il voulait la tuer. Mais chaque vague ainsi harponnée laissait place à une autre, et à une autre. Les paquets de mer, qui voulaient fracasser le pont en se laissant tomber dessus, s'enfuyaient vite par les dalots* avec un bruit de succion qui faisait peur. Un long moment, René-Louis, qui était seul à tenir la barre, fut obligé de s'attacher avec un simple bout'* pour ne pas s'envoler dans un autre monde. Les grains, qui accompagnaient les vents, empêchaient que l'on voie à plus de vingt pieds devant soi. René-Louis ne savait pas si le mât d'artimon* était toujours là ou si la violence des vents l'avait brisé, avant même qu'il ne soit déshabillé.

La tempête dura vingt-quatre heures, et il fallut attendre une nouvelle aube pour que les hommes d'équipage, épuisés, habillent de nouveau le *Vent d'Armor* de toute sa toile.

— Nous nous en sortons bien, capitaine !

— Oui, un navire faible n'aurait peut-être pas tenu, ou serait sorti trop fatigué de cette tourmente.

Les hommes des deux bordées, qui avaient lutté ensemble, se serrèrent sur le pont. Ils avaient peur. Le ciel était devenu bleu au-dessus de leurs têtes et la mer autour d'eux se reposait. Il n'y avait plus un seul souffle de vent, et le bateau était encalminé*. Même ceux qui avaient traversé quatre fois l'océan n'avaient jamais vu cela, passer ainsi directement de la tempête au calme plat !

Le capitaine, qui connaissait l'équipage, continua à faire celui qui n'a peur de rien et ordonna à tous de manger enfin à leur faim. Il précisa :

— Ensuite, que tous les esclaves mangent aussi, et que l'on me dise, monsieur Turpin, s'ils sont tous encore vivants !

Il appela le charpentier qui arriva, suivi de son aide.

— Monsieur Le Guillou, notre chirurgien n'a pas bonne mine après la révolte que nous avons subie. Il gardera sa chambre plusieurs jours. À vous de visiter les parcs des hommes et des femmes. Faites ce qu'il faut pour que nous n'en perdions pas d'autres.

— Bien, capitaine.

Il fit ensuite un signe à Tanguy Coatmeur, qui s'approcha :

— Tu sembles bien avec les négresses, pas vrai ?

Tanguy rougit comme s'il y avait honte à cela. Puis il pensa tout de suite que son absence pendant le combat avait été remarquée. Il s'apprêtait à se défendre quand le capitaine lui ordonna :

— Trouve une négritte bien débrouillarde ou choisis une négresse pour s'occuper du chirurgien qui pisse le sang. Il est bandé, mais il est mal en point. Il faut quelqu'un à son service.

— Tout de suite, capitaine.

Il s'en alla vers l'arrière sans demander son reste. Quelques minutes après, il était près de Samana, qui avait été enfermée avec les autres. Elle était là. Entrée par l'écoutille qu'il venait d'ouvrir, la lumière du soleil l'éclairait. Il la trouva encore plus belle. Elle souriait, tête penchée. Elle avait la grâce naturelle des femmes indigènes et elle le savait.

— Samana, il me faut une femme pour rester avec le chirurgien.

Elle rit avant de préciser :

— C'est un nyama* qui lui a coupé le nez. Il faut le laisser mourir, celui-là, ou il brûlera d'autres femmes, d'autres hommes!

— Il me faut une femme ou une négritte.

— Vraiment?

— Oui, tout de suite.

— Moi, je vais m'occuper de lui. Le saigner plus qu'une poule blanche à qui on arrache la tête!

— Pas toi. Si tu ne choisis pas, moi je choisis, tout de suite.

Elle lui tourna le dos et alla au fond du parc. Elle en revint avec une négritte qui baissait la tête.

— Explique-lui qu'elle doit bien servir le chirurgien. Ça ne devrait pas être bien difficile à faire.

Elle parla bas à la petite, qui suivit Tanguy.

Pendant cinq jours, les voiles ne prirent aucune rondeur. Du matin au soir, la mer resta unie comme un miroir. Les hommes pêchèrent une bonite*, ce qui n'était ni bon ni mauvais signe. Le coq la fit griller et chacun eut une part, même les trois blessés, qui bénéficièrent en plus de bouillon de poule. Enfin, le vent revint et le bateau, sans demander aucune permission, fila sous une brise de six nœuds.

René-Louis fit ses relevés et annonça:

— Nous devrions voir la Martinique dans dix ou douze jours, capitaine.

— Puissiez-vous dire vrai, monsieur. Nous y resterons trois mois au moins. Dès après la vente de nos esclaves, j'aurai à faire le tour de quelques mauvais payeurs qui doivent de l'argent à monsieur Lorinière. Ce ne sera pas facile… Ce n'est jamais facile !

La vie à bord était devenue presque monotone, quand un soir on découvrit le corps mort du chirurgien gisant dans sa chambre. Personne ne sut dire s'il avait succombé au désespoir d'être défiguré à jamais, ou à un excès de tafia, puisque l'on trouva deux bouteilles vides près de lui. Personne n'imagina qu'un nyama ait pu lui verser un peu de poison dans son verre… avec la complicité de Kia, la petite négritte. Samana, quand elle apprit cette mort de la bouche de Tanguy, dit :

— Il y a des morts qui ne sont pas morts, mais celui-là, c'est fini pour lui. Il est seulement un mort, et il ne sera jamais un nouveau-né, jamais une noix de cola. Rien…

Les jours suivants, la navigation fut mouvementée. René-Louis, deux fois par jour, faisait ses relevés, et malgré les vents qui soufflaient en opposition, il était heureux d'annoncer au capitaine que le bateau était proche de la Martinique. Quand ils aperçurent enfin l'île, en milieu d'après-midi, ce fut seulement un bref moment. À peine montrèrent-ils leur joie d'arriver, après quarante-cinq jours de mer, que la terre se déroba à leur vue, cachée par un rideau de pluie.

— Nous y sommes presque, monsieur. Dans quelques heures, un pilote nous guidera dans la baie.

Le capitaine, pour une fois optimiste, se trompait. Après le grain, le tonnerre arriva et le vent contraria l'approche du navire.

En plus du vent qui soufflait régulièrement, les courants leur étaient également contraires. Au jour fermant, ils durent larguer leurs basses voiles et, pendant toute la nuit, courir des petites bordées sous leurs deux huniers. Ils allaient une fois vers le large et une fois ils revenaient vers la terre. Heureusement, le vent leur offrait un air parfumé à l'acacia, à l'oranger, à l'abricotier. C'est seulement le lendemain matin qu'ils firent servir toutes leurs voiles, et c'est vers midi qu'ils mouillèrent leurs ancres devant Fort-Royal, par douze brasses de fond.

Aussitôt le capitaine, qui envisageait de vendre les esclaves à bord même du *Vent d'Armor*, descendit à terre faire ses déclarations dans les bureaux du port. Ensuite, il alla rendre ses devoirs au gouverneur de la colonie.

Une révolte à bord était improbable à présent du côté des nègres, mais les hommes restaient vigilants.

— Monsieur Coatmeur, nous voici arrivés à bon port. J'ai été heureux de vous enseigner la navigation. Après notre retour à Nantes, vous serez officier.

René-Louis, en parlant, avait amicalement donné une tape sur l'épaule du pilotin.

— Quand vendra-t-on les esclaves, monsieur ?

— D'ici quatre à huit jours, si le capitaine obtient ce qu'il veut. Nous n'en avons pas perdu beaucoup, ils sont en bonne santé, ce sera une belle vente d'après le capitaine.

— Oui, monsieur…

12

Déserteur et voleur !

Le capitaine Kermarec prit ses quartiers à l'auberge *La Pomme-Cannelle*, où il avait déjà séjourné lors d'un précédent voyage. Il y avait là tous les conforts que peut souhaiter un marin après un long voyage et le capitaine aimait fumer sa pipe sur la terrasse, dans la cour intérieure, à l'ombre du flamboyant.

La première tâche qu'il accomplit fut d'écrire une lettre à sa mère, et une lettre à monsieur Lorinière. Il y avait à Fort-Royal deux navires nantais qui appareilleraient bientôt. Il se sentait bien. La vente aurait lieu à bord du *Vent d'Armor*, comme il l'avait souhaité, et déjà, elle était annoncée pour le vendredi suivant.

René-Louis avait bien envie d'aller se « dégourdir » les jambes à terre et même de s'attarder à faire quelques dessins et peintures, mais impossible pour l'heure. Le bateau devait se montrer sous son plus beau jour. Les voiles étaient coiffées et ferlées sur les vergues. Les matelots frottaient le pont. Eux aussi étaient pressés d'en finir. Après la vente, ils pourraient s'éparpiller dans les cabarets du port et oublier un peu la rigueur des mois passés à se faire tanner la couenne par le soleil et le sel de la mer.

Le tonnelier, de son côté, devait décharger ses barriques vides, dont les trois quarts seraient remplacées par des barriques de sucre. Le charpentier et son aide faisaient ce qu'ils pouvaient pour que les esclaves soient aérés du mieux possible. Chaque matin, dans les parcs, l'air était bien empoisonné !

C'était le début de la nuit. René-Louis était appuyé à la lisse comme à son habitude. Il rêvait un peu. Tout le jour, il avait observé de loin à l'œil nu, ou avec sa lunette de cuivre, les mornes* arides, le fort et la montagne Pelée dont la tête était enveloppée de nuages. À présent, dans le ciel clair, les étoiles ressemblaient un peu à des boutons dorés d'uniforme.

— Elles sont belles, elles sont toutes jeunes, elles viennent de naître…

— Vraiment ?

C'était le jeune Tanguy Coatmeur qui venait de s'adresser à René-Louis. Il ajouta :

— C'est bête, mais les étoiles me font penser aux narcisses qui fleurissent dans les champs au printemps.

— Oui, on aimerait pouvoir faire un bouquet d'étoiles et l'offrir! Monsieur Coatmeur, allez dormir un peu. À minuit vous serez de quart, et demain il faudra que chacun soit bien réveillé pour assurer le service.

— La vente a bien lieu demain?

— Oui, dès dix heures du matin.

Il s'éloigna et René-Louis resta seul sur le gaillard d'arrière, sous le ciel de nuit. Son ami Henri Fougeray revint dans sa mémoire. Il aurait aimé qu'il soit là et qu'ensemble ils découvrent ces îles, après avoir connu les Indes orientales et les possessions françaises de l'océan Indien. Certes, Henri n'aurait pas aimé être là! René-Louis dit à voix haute, comme si Henri pouvait l'entendre: «Tu as raison, ce sont des hommes, je les ai vus se battre comme des hommes sur le pont. Mais ce sont des noirs, leur couleur, je l'ai vue chaque jour, elle ne s'efface pas!»

À minuit exactement, Tanguy arriva.

— Juste à l'heure. Avez-vous dormi?

— Monsieur, il y a des nuits où le sommeil n'est pas nécessaire pour rêver.

— Sans doute, mais moi, je compte bien dormir à poings fermés dès que je serai allongé sur mon cadre. Demain sera un nouveau jour, et nous continuerons à traverser un peu plus notre vie.

Quand il fut seul à l'arrière, Tanguy jeta un coup d'œil circulaire pour vérifier si tout était bien en ordre. Il fit quelques pas jusqu'au pied du grand mât et découvrit le charpentier qui dormait dans son hamac qu'il avait suspendu là, entre la rambarde et le pavois. Quelques fanaux garnissaient le *Vent d'Armor*, qui ainsi restait vivant dans la nuit. Tanguy eut les larmes qui lui vinrent aux yeux. Le bateau était beau. Il pensa qu'il ne méritait pas de garder dans son ventre des hommes enchaînés, entravés, ferrés. Il attendit un peu et alla frapper trois coups, et encore trois coups, à l'écoutille qui permettait la descente dans le parc des femmes. Il compta jusqu'à cent, regarda encore une fois autour de lui et ouvrit. Samana sortit et sans rien dire, elle le suivit dès qu'il eut refermé.

— Va, descends la première.

Elle passa par-dessus le pavois et prit dans ses deux mains l'élingue* à futaille qui était là pour elle. Il lui fit un petit signe et la glissa doucement jusqu'au canot qui attendait en dessous. Quand il sentit qu'elle y avait pris pied, il fit suivre le grand sac de toile qu'il avait préparé. Après, à son tour, il quitta le navire.

Ils ne dirent pas un mot quand ils furent face à face dans le canot. Tanguy saisit les avirons et doucement tira dessus. Peu à peu, ils s'éloignèrent du *Vent d'Armor*, en silence. Quand ils furent deux encablures plus loin, Tanguy se permit de murmurer :

— Je t'aime, Samana. Tu ne le sais peut-être pas, mais ce que je fais là montre que je t'aime plus que ma vie même !

Elle se mit à genoux dans le canot. Elle serra très fort dans ses bras les jambes de Tanguy et lui murmura à son tour :

— Tanguy, *i ko bena di n yé lombé*[1].

La nuit les enveloppait encore quand il conseilla à Samana :

— Habille-toi dès maintenant avec les vêtements que je t'ai achetés à Fort-Royal. Il ne faut pas que tu sois reconnaissable sous le soleil.

Elle ouvrit le sac et en sortit une jupe et une chemise blanches. Elle les enfila et chercha encore dans le sac. Elle y trouva un grand mouchoir de Paillacat* qu'elle noua sur ses cheveux. Certes, elle n'avait pas encore le talent des femmes noires de la Martinique pour se fermer agréablement la tête, mais le résultat plut à Tanguy, qui une fois encore lui répéta :

— Tu es plus belle même que ma sœur !

Il savait ce qu'il devait faire, il avait lu et relu les cartes : pour échapper au glaive des lois, il devait passer d'une île à l'autre. Il tira sur les avirons jusqu'aux anses d'Arlet. Ils y prirent pied près de deux pirogues appartenant à des Caraïbes* qui mangeaient un peu plus loin. Tanguy leur

---

1. Tanguy, je t'aimerai toujours.

acheta du poisson cuit à l'eau avec une galette de cassave*.

— Mangeons, Samana. Il faut que nous ayons des forces pour continuer. Tu vas devoir apprendre toi aussi à tirer sur les avirons.

— Je ferai tout comme toi, Tanguy. Je peux même être ton esclave.

— Ne dis pas cela, jamais. Un jour, tu seras ma femme!

— C'est possible, ça?

— Samana, tu as presque bien appris à parler le français en quarante jours, alors crois comme moi que tout est possible.

Quand ils furent de nouveau assis face à face dans le canot, il serra les jambes de la jeune fille entre ses genoux et lui dit:

— La mer est libre, le vent est libre. Un jour, nous nous envolerons comme les oiseaux vers un autre monde.

Il reprit les avirons et gagna la pointe du Diamant. Là, il s'éleva au vent de l'île pour éviter le courant et décida que le moment était venu de gréer le canot de sa petite voile qui, dès qu'elle fut établie, avala le vent d'est. Ils naviguèrent sans rien se dire vers l'île voisine de Sainte-Lucie.

Le capitaine Kermarec monta à bord aux premiers rayons du soleil. René-Louis et l'enseigne étaient là pour l'accueillir. Tous les hommes de l'équipage attendaient les ordres. Ils savaient que le grand jour était enfin arrivé, qu'ils allaient être débarrassés des nègres et que leur vie allait un peu changer, pendant tout le temps de l'escale.

— Capitaine, dit René-Louis, nous avons un désagrément…

— Quoi donc?

— Tanguy Coatmeur, notre pilotin, a disparu.

— Allons donc, il sera allé à terre et à l'heure qu'il est, il a la tête lourde de punch probablement.

— Non, capitaine, il a disparu et sa négresse aussi. Je crains qu'ils ne se soient enfuis, il nous manque le petit canot.

— C'est fâcheux. Comment cela se serait-il passé?

— Probablement ont-ils profité du milieu de la nuit, alors qu'il avait la responsabilité du navire.

— Alors c'est un déserteur et un voleur!

Le capitaine regarda René-Louis au fond des yeux et lui lança:

— Il était votre protégé, monsieur.

— C'est vrai, et en mer il s'est bien conduit. Tout laissait croire qu'il ferait un bon officier.

— Il sera devenu fou…

— Fou d'amour pour cette négresse. J'ai surpris chez eux, une fois au moins, un vif et tendre empressement que l'amour seul sait inspirer, je crois.

— Il y a de la magie là-dessous. On ne peut pas aimer une négresse à la folie. Non ?

René-Louis, après un instant d'hésitation, répondit :

— Je sais peu de chose sur l'amour, capitaine, sauf que j'ai vu un négociant de Nantes aimer la plus grande de mes sœurs, assez pour en perdre presque la raison et se conduire comme un enfant !

— Votre sœur est blanche, je présume ?

— Oui, mais je dois reconnaître que Samana, la négresse de Tanguy Coatmeur, a les mêmes attraits…

— Il y a de la magie, monsieur, de la magie et rien d'autre. Nous verrons ce que nous devons faire, puisqu'on nous a volé un canot et une négresse, mais pour l'heure, préparons la vente.

S'adressant à tous, il donna ses derniers ordres.

— Je veux que l'on présente aux acheteurs des lots, avec hommes et femmes, négrillons et négrittes. Nous pouvons leur montrer cinq ou six lots ensemble sur le pont. Monsieur Le Guillou, sont-ils tous en bonne santé ?

— Presque tous, capitaine. Je crains que quelques-uns ne soient malades.

— Gravement ?

— Plus ou moins. Deux au moins ne seront pas vendables. La mort les guette, et je n'ai pas assez de science pour dire de quoi ils souffrent.

— Merci, monsieur. Je ne suis pas sûr que notre chirurgien aurait fait mieux que vous.

Ils préparèrent la vente, qui était prévue pour dix heures. Les esclaves eurent le droit de boire du tafia et ne s'en privèrent pas. Hervé Quéméner et le coq mirent à la disposition des acheteurs des boissons aux fruits. À dix heures exactement, le *Vent d'Armor* tira un coup de canon. Il était déjà assiégé par une flottille de petites barques. Tout de suite, les acheteurs se bousculèrent sur le pont. Plusieurs hommes étaient accompagnés de leur femme. Tous étaient habillés de blanc, généralement en mousseline et en toile.

Les nègres et les négresses furent tâtés, pesés, reniflés et enfin achetés. Plusieurs étaient confiés tout de suite à un contremaître qui, assisté d'un vieil esclave, rassurait les plus craintifs, leur certifiant qu'ils auraient à manger tout de suite et aussi de quoi se vêtir. Koukoulou fut proposé dans un lot avec quatre Ngbakas hommes, deux femmes et trois négrillons d'une part, et Mouhino Agboba, le chef fon, plus trois hommes fons, trois femmes yorubas et deux négrittes d'autre part. C'était un beau lot. Tous étaient en excellente santé. L'acheteur qui les acquit dit au capitaine :

— Mille deux cents livres pour un homme, mille cent pour une femme, c'est bien cher, mais j'en ai un besoin urgent pour mes champs et mes moulins à sucre.

Ce soir-là, dans une auberge de Fort-Royal, René-Louis, Jo Le Guillou et Hervé Quéméner dégustèrent un fameux repas. Ils parlèrent peu. René-Louis avait vendu ses trois nègres pour quatre mille livres, c'est vrai qu'ils étaient parmi les plus beaux et les plus forts. Il avait encore à négocier la pacotille qu'il avait achetée à Nantes et espérait en tirer un très bon prix.

La vente datait de dix jours déjà. Elle avait été si bonne que le capitaine tenait en fin de compte pour peu de chose le vol d'une négresse par le jeune Tanguy. Il passait ses journées à terre, galopant dans l'île pour tenter de récupérer l'argent dû par les planteurs à monsieur Lorinière depuis quelques mois, une année, voire deux années!

René-Louis avait fait plusieurs excursions dans l'île et, dès qu'il le pouvait, il peignait. Deux aubergistes lui avaient commandé une peinture de la baie avec des navires arrivant toutes voiles dehors. Il se demandait bien pourquoi ils avaient besoin de cela, alors que de leurs yeux ils pouvaient admirer la baie toute la journée.

Moins de quinze jours après la vente, Kermarec lui fit dire qu'il souhaitait sa compagnie ce soir-là, à l'auberge *La Pomme-Cannelle*, où il séjournait toujours. Après les politesses d'usage, le capitaine

l'invita à sa table déguster une sorte de cotriade*
locale fort épicée, mais très bonne. À peine l'eurent-
ils goûtée et trouvée à leur goût que le capitaine
prit un air grave et dit :

— Monsieur, sans doute savez-vous que la goélette* *La Petite Joséphine* s'est délestée de toutes ses
marchandises.

— Oui, capitaine. Peut-être lèvera-t-elle l'ancre
avant nous, pour revoir la première la ville de
Nantes.

— Monsieur, cette goélette a pour armateur
monsieur Lorinière, comme le *Vent d'Armor*, le
saviez-vous ?

— Non.

— Alors, écoutez bien, j'ai autre chose à vous
apprendre et une proposition à vous faire. *La Petite
Joséphine*, qui a fait un voyage en droiture, a subi
les violences d'un ouragan auxquelles elle a bien
résisté. Le seul malheur fut la perte du premier
lieutenant emporté par une lame. On me dit que
c'était un excellent marin : paix à son âme.

Il marqua un temps, continua à manger un
peu après avoir remis sa serviette dans son col et
reprit :

— Le capitaine Jean Drouin, qui commandait
La Petite Joséphine, vient de mourir hier. Il a été
emporté par la maladie de Siam*.

Après avoir annoncé cela, il repoussa son assiette
et demanda :

— Monsieur, accepteriez-vous de prendre le commandement de *La Petite Joséphine* et de la ramener à Nantes? J'ai parlé ici avec un certain monsieur Trolliet, subrécargue sur *La Petite Joséphine*, et nous sommes convenus que si vous acceptiez cette charge, ce serait la meilleure solution pour sauvegarder les intérêts de notre armateur.

— Monsieur, c'est… comment dire? C'est trop d'honneur que de me faire ici capitaine.

— Monsieur, vous êtes un excellent officier et vous le savez. La plus grande difficulté sera pour moi qui devrai me passer de vous. Alors, acceptez-vous?

— Je suis à vos ordres, monsieur.

— Merci. Prenez dès demain vos dispositions. Monsieur Trolliet fait le nécessaire pour embarquer le sucre, le tabac, le rhum et le cacao. Voyez l'équipage et prenez vite en main votre goélette. J'irai vous voir à bord.

DEUXIÈME PARTIE

13

Koukoulou de malheur!

Des semaines s'étaient écoulées depuis la vente de la cargaison d'esclaves du *Vent d'Armor* aux planteurs de la Martinique. L'habitation Rivière Blanche n'était plus très loin, et Benoît Saint-Cricq laissa sa jument aller au pas. Il n'avait pas été très attentif au paysage, qu'il connaissait bien. Il était heureux de vivre à trois cents toises* au-dessus du niveau de la mer. Il rentrait de Fort-Royal où, tant que les alizés ne reviendraient pas, aucune ombre n'était douce. Face à la baie, chacun mouillait sa chemise, même en ne rien faisant.

Avant d'entrer dans son jardin, il se retourna et admira sa plantation, qui s'étalait sur les quatre horizons.

Un négrillon arriva et prit le cheval par la bride. Benoît Saint-Cricq avait ses habitudes, et chacun savait que, deux fois par jour au moins, il aimait visiter son jardin. C'était le début de l'après-midi et, avant même d'aller saluer son épouse qu'il avait quittée tôt le matin, il passa à pied le long de la haie

153

de citronniers aux fleurs mêlées. Un instant, il se baissa pour respirer une rose et quelques œillets. Il s'attarda un peu près des nouvelles pousses d'orangers et de pamplemousses qui étaient en même temps chargées de fleurs et de fruits. Il ne prêta aucune attention à Ndossi, l'esclave jardinier qui s'était arrêté à l'ombre d'un goyavier. Benoît Saint-Cricq était de si bonne humeur qu'il eut envie de composer un poème avec le nom des fruits et des fleurs du jardin... papaye, abricot, avocat, corossol, pomme cannelle, d'autres encore.

Il songeait aux cinq nouveaux esclaves qu'il avait achetés le jour même et qui arriveraient le lendemain. Il y avait presque deux ans, il avait acquis un lot de nègres, arrivés de Bonny. Parmi eux, il y avait une petite négritte yoruba qui était fort à son goût, mais elle n'avait rien trouvé de mieux à faire que de mourir en couches! Il ne l'avait pas oubliée cependant, et voilà qu'un navire arrivant encore de Bonny avait à son bord une petite, pas encore une femme, une Ngbaka qui lui rappelait par toutes ses courbes l'autre qu'il avait perdue. Il n'avait pas négocié longtemps pour avoir le lot dans lequel elle était proposée avec des Congos.

Il rentra et s'assit dans le grand salon bien aéré. Wali-Wali, la plus âgée et la plus élégante des négresses qui servaient dans l'habitation, vint l'aider à retirer ses bottes.

— Madame est-elle là ?

— Oui, monsieur, dans sa chambre, elle se repose.

Il marmonna : « Elle ne sait que se reposer depuis qu'elle ne me donne plus d'enfants ! »

Benoît Saint-Cricq se voulait bien élevé, et il rendit visite à son épouse.

— Quelles nouvelles ?

— Monsieur mon mari, c'est à vous de me donner des nouvelles. Vous étiez à Fort-Royal, je crois.

— J'y étais et j'ai acheté quelques nègres.

— Encore !

— Oui, encore, et j'en achèterai d'autres, même si l'année est assez bonne pour qu'il n'en meure que quatre ou cinq.

— Je comprends. Ces nègres passent plus de temps à mourir qu'à travailler, on dirait.

— Bien dit. Heureusement, nous les avons encore à un bon prix. Que diriez-vous si nous invitions le mois prochain quelques habitants* de nos amis ? Vous pourriez vous occuper de préparer une soirée, cela vous distrairait.

— Une soirée… oui, peut-être, je vais y penser.

Il la quitta et alla manger une fricassée de poulet qu'on venait de lui préparer. Il but un verre de vin et partit à grands pas voir son contremaître. Avant même de le découvrir au coin d'un champ de canne à sucre, il l'entendit vociférer. Gros Lahougue, comme l'appelaient les esclaves, pouvait s'il le voulait gueuler assez fort pour réveiller le volcan !

— Que se passe-t-il encore, monsieur Lahougue ?

— Il se passe que ce fieffé coquin se moque de moi !

— Qu'est-ce à dire ?

— C'est simple, monsieur, où qu'il soit, tous les autres travaillent à son rythme depuis qu'il est là… Impossible de les faire aller plus vite.

— Il serait une sorte de chef d'orchestre, c'est cela ?

— Euh… oui, si vous voulez.

— Eh bien, à vous d'agir, monsieur Lahougue, faites travailler ce coquin deux fois plus vite tout de suite, s'il ralentit les autres.

— Je vais essayer, monsieur.

L'habitant Saint-Cricq s'éloigna de quelques pas, comme pour mieux admirer ses nègres au travail. Ils travaillaient, oui, mais avec une lenteur qu'il n'avait jamais constatée sur sa plantation ou sur une autre ! Jérôme Lahougue hurlait, mais contremaître ou pas, personne ne l'écoutait. Il vint à grands pas vers le maître :

— Monsieur, vous voyez vous-même. Il n'y a rien à faire, sauf punir.

— Faites, monsieur Lahougue, et que je ne sois pas importuné plus longtemps. On dirait qu'ils attendent que les vents alizés reviennent pour leur donner de la force et du courage ! Faites, sévissez !

Le contremaître laissa les nègres travailler doucement et s'en alla en courant. Il revint quelques minutes plus tard avec quatre noirs grands et forts, deux Yorubas et deux Fons, qui lui obéissaient comme s'il était le chef de leur village.

— Attrapez-moi celui-là, ce Koukoulou de malheur. Je vais lui donner une bonne leçon, et si ça ne suffit pas, les autres auront leur part ensuite.

Les quatre costauds arrivèrent en courant autour de Koukoulou. Il les regarda et quand ils voulurent le saisir, il n'offrit aucune résistance. Leurs huit mains l'attrapèrent et l'agrippèrent aussi bien que les fers qu'il avait eus aux pieds pendant le long voyage en mer qui l'avait amené ici.

— Attachez-le à cet arbre.

Le contremaître, fouet à la main, désignait un acacia piquant. Avec une corde de coco, ils le lièrent à l'arbre. Dans le champ, les quinze esclaves qui étaient au travail, machette à la main, regardaient la scène sans bouger. Benoît Saint-Cricq, mains dans les poches, souriait. Il trouvait déjà la scène plaisante.

— Ne me le tuez pas, monsieur Lahougue. Mais qu'il comprenne bien la leçon.

Lahougue, qui avait remonté les manches de sa chemise bleue, cracha dans ses mains et prit son fouet. Il écarta légèrement les jambes pour bien se positionner et leva le bras pour que son premier coup porte bien. Alors… alors, il se produisit cette chose extraordinaire : il resta le bras levé, plus immobile qu'une pierre que les vents eux-mêmes auraient renoncé à bouger.

Dans le champ, il n'y eut aucun cri, aucun geste. Aucun étonnement ne se lisait dans les yeux des esclaves. Koukoulou était le tonnerre s'il le voulait, il était les nuages et le vent ou encore le chant qui endort quand rien d'autre ne peut guérir une blessure, on le savait. Après une minute de cet incroyable spectacle, le contremaître retrouva tous ses gestes et Benoît Saint-Cricq l'apostropha :

— Mais que vous arrive-t-il, monsieur ? Vous le fouettez ou non, ce bougre ?

— J'y viens, je m'y mets, monsieur, il va avoir son compte, croyez-moi.

Il se remit en position et, au moment où il voulut envoyer son premier coup, la même chose se reproduisit : il resta bloqué le fouet en l'air. Benoît Saint-Cricq cria :

— Puisque vous ne vous décidez pas, vous allez voir, je vais, moi, donner la leçon qu'il mérite à cet esclave-là.

Il retira la large ceinture de cuir de bœuf qu'il avait autour de la taille et, la tenant par la boucle, il s'approcha pour frapper. Mais il fut lui aussi bloqué, et resta dans une position presque identique à celle de son contremaître. Il y eut des murmures chez les esclaves qui regardaient. Les deux Yorubas et les deux Fons s'étaient rapprochés les uns des autres, ils avaient peur. Ce soir, ils parleraient avec Mouhino Agboba, leur chef, pour qu'il demande à Dangbé de les protéger.

Après quelques instants, le contremaître et Benoît Saint-Cricq retrouvèrent l'usage de leur corps. Ils se regardèrent sans dire un mot. Devant eux, Koukoulou s'était détaché et il passa, regagna le champ comme si de rien n'était, pourtant tous les yeux qui le regardaient étaient stupéfaits. Il allait vers les autres esclaves.

Koukoulou reprit sa machette pour continuer à travailler, les autres esclaves l'imitèrent.

— J'ai rêvé ou j'ai trop bu ? s'exclama Benoît Saint-Cricq, qui avait cru voir un léopard accompagner son esclave. Il partit à grands pas vers sa maison.

Ce soir-là, dans les cases, il y eut des murmures et des paroles qui écorchèrent la nuit. Les Fons et les Yorubas avaient rapporté les événements auxquels ils avaient assisté. Certains étaient pleins de peur. Plusieurs disaient qu'ils avaient déjà vu Koukoulou être le maître du vent ou des arbres ou simplement des petites herbes qui poussent. Deux clans s'étaient formés parmi les esclaves : ceux qui étaient amis de Koukoulou, les Ngbakas bien sûr, mais aussi des Ibos et des Congos… et les autres, réunis autour de Mouhino Agboba, des Fons, des Yorubas et quelques-uns des Mandingues.

Ce soir-là, alors qu'il soupait avec son épouse, Benoît Saint-Cricq lui raconta ce qu'il avait vécu.

— C'est la chaleur trop lourde qui vous aura troublé l'esprit, ou alors vous aviez bu.

— Non, ma chère, je n'avais pas bu.

— Je sais que les nègres sont capables de bien des magies. Ils ne sont pas comme nous. Même Wali-Wali, qui nous sert si bien, et les trois grosses filles qui sont avec elles font de drôles de cérémonies, dehors dans leur cuisine.

— Vraiment?

— Oui, et quand vous mangez du poulet, dites-vous bien qu'il a été sacrifié avant pour une cause qui nous échappe…

— Du poulet? Mais j'ai mangé une fricassée de poulet en rentrant, avant d'aller aux champs.

— Peut-être que ceci explique cela, mais mon mari, sachez que toute cette histoire me fait rire. Demain, j'irai le voir, cet esclave, s'il est à ce point une curiosité.

— Méfiez-vous!

Ce soir-là, à Fort-Royal, dans l'entrepôt où ils attendaient, les noirs fraîchement arrivés étaient inquiets. Ils savaient seulement que, s'ils tentaient de fuir, les blancs boiraient la moitié de leur sang, avant de les faire cuire pour les manger. C'est ce que leur avait affirmé un des matelots qui les avaient débarqués.

Ce soir-là, Koukoulou était monté en haut du haut d'un fromager et là, assis sur une branche, il attendait que l'île s'en aille, qu'elle se laisse aller dans les vagues. Il savait bien que cela ne pouvait se faire qu'au retour du vent, mais justement, c'est le retour du vent qu'il guettait.

Au petit matin, quand il distribua le travail, le gros Lahougue avait une paire de pistolets d'arçon à sa ceinture et, en plus, un fusil qu'il portait en bandoulière. Wali-Wali la servante, que tous les Ngbakas appelaient maman, l'avait entendu dire au maître :

— Monsieur, cet esclave, ce Kouloukoulou, s'il se moque de moi, je le tue tout net. Je vous le rembourserai s'il le faut, mais je ne le laisserai pas se jouer de moi.

Koukoulou, ce matin, ne risquait pas de se faire remarquer. La force que les yanda lui avait donnée la veille, il ne la possédait plus. Il avait fait trop d'efforts pour tenir à l'écart le fouet de Lahougue et aussi la ceinture du maître. Ce matin-là, c'est à cheval que l'habitant Saint-Cricq fit un tour dans ses champs. Il rentra tôt, alors que son épouse n'avait pas encore paru. Il attendait que ses esclaves nouvellement achetés arrivent. Il lui tardait de voir la petite négritte qu'il avait trouvée si plaisante. Il avait retenu son nom, Yachéda Yaché. Il murmura pour lui même : « Je l'appellerai simplement Yaya, oui Yaya, c'est joli… »

Solange Saint-Cricq, dès qu'elle eut bu son chocolat et mangé sa compote de mangues, alla jusqu'au jardin. Elle chercha Ndossi. Comme chaque jour, il était là :

— Viens avec moi et protège-moi du soleil. Je veux aller voir de mes yeux ce Koukoulou dont on m'a parlé.

Il saisit la large ombrelle qu'elle lui tendait et suivit, en la protégeant du soleil, la maîtresse vers les champs.

— Le connais-tu, toi, ce Koukoulou ?

— C'est un petit frère. Il n'a pas encore de poil au menton et ses talons ne sont pas rugueux.

— Allons. Tu me le montreras.

Koukoulou était avec les autres et vint quand on l'appela.

Solange Saint-Cricq lui demanda :

— Comment va le travail, ce matin ?

— Travailler fatigue, madame. C'est vrai pour un marin comme pour un négociant. C'est vrai pour un esclave.

Elle fut surprise par la réponse. Elle demanda encore :

— Depuis combien de temps travailles-tu ici, sur notre plantation ?

— Faut-il vous dire le nombre de jours ? Le nombre de saisons ? Ou vous apprendre le nombre de nuits sans dormir où j'ai rêvé de la forêt de mon enfance ?

Elle recula d'un pas. Elle ne savait pas qu'un esclave pouvait parler de la sorte. Elle ne savait pas que Koukoulou pouvait faire sortir de lui des mots jumeaux de ceux de René-Louis de Coatarzel, depuis qu'il lui avait sauvé la vie et qu'ils avaient parlé. Ces mots, ils ne lui venaient pas toujours en bouche. Il fallait que la force soit un peu là, en lui. Il fallait que les yanda, les esprits de sa forêt natale, aient soufflé jusqu'à lui, seulement jusqu'à lui.

Avant qu'elle ne s'en aille, Koukoulou lança à Ndossi :

— *Sara tougana mbi, déngui lè ti mon ba ndjioni poupou so aké ya. Lo yéké si andé tongana lo oundji soukoula ngo ngü na balè ti Oubangui. Poupou a yéké ndatiyé, lo guigui*[1].

---

1. Fais comme moi, guette la caresse du vent. Il arrivera bientôt après s'être baigné dans l'Oubangui, notre fleuve. Le vent est la source, il est la vie même.

14

En danger de mort

Dès qu'il eut distribué le travail de la journée, le gros Lahougue revint au moulin à sucre, où son protégé Mouhino Agboba travaillait sans lever la tête. Il lui fit signe de le suivre. Quand ils furent à l'écart de toutes les oreilles, Lahougue, qui avait préparé son venin, commença :

— Toi, tu es très écouté de ce côté-ci.

Il désignait les cases construites l'une près de l'autre, là où logeaient les Fons et les Yorubas principalement.

— Tu es très écouté, et le maître et moi, nous te respectons. Tu es un esclave chef. Peut-être qu'un jour, dans pas longtemps, le maître choisira de t'affranchir. Tu seras libre et toi-même tu pourras comme n'importe quel affranchi avoir des esclaves.

Agboba écoutait. Pas un seul mot du blanc ne lui échappait. Il avait su retenir la langue des blancs. Elle était entrée en lui.

— Tu le connais bien, ce Koukoulou…

164

— Bien.

— Il n'est pas ton ami, je crois.

— Il n'est pas mon ami.

— Je comprends ça. C'est un drôle d'oiseau et…

— Il n'est pas un oiseau, c'est un Ngbaka, il est né dans la forêt.

Après avoir donné cette précision, il cracha par terre en signe de dégoût.

Lahougue s'assit sur une souche qui était là et invita Agboba à s'asseoir près de lui. Il préférait parler sans regarder le visage de l'autre. Il cracha à son tour par terre et dit :

— Je veux me débarrasser de lui. Si toi, tu me fais disparaître ce Koukoulou, je dirai au maître de t'affranchir. Que penses-tu de cela ?

— Il me faut un coq avant de répondre.

— Un coq ? Mais pourquoi ?

— Il me faut un coq.

— Bien, je t'apporte un coq tout de suite.

Sans ajouter un seul mot, il se leva et partit à grands pas.

Chemise blanche ouverte, culotte blanche et bottes noires, l'habitant Saint-Cricq était à l'entrée de son jardin. Près de lui, Jeanne, la plus grosse des négresses qui s'occupaient du linge et du ménage, attendait aussi. Elle avait préparé avec un esclave un petit ajoupa* au bord de la rivière qui traversait le domaine. Tous deux l'avaient rendu habitable. Mieux même, puisqu'ils y avaient installé, en plus du lit, deux fauteuils et une commode. C'est là que le maître avait choisi de loger sa nouvelle protégée, la petite Yachéda Yaché.

— Jeanne, tu lui fais prendre un bon bain dans la rivière et tu l'habilles toi-même avec le linge frais que tu as préparé. Ce sera à toi de lui faire entrer dans la tête tous les mots possibles de la langue blanche. Elle est jeune et elle apprendra vite.

— Oui, elle apprendra vite.

Lahougue était là. Il voulait au plus vite mettre les nouveaux esclaves au travail. À chaque arrivée, il répétait :

— Dès qu'ils sont courbés dans les champs, ils se calment.

Le soleil, une fois de plus, recommençait à trop chauffer, quand les nègres débarqués la veille arrivèrent. Tout se passa comme chaque fois, sans aucun problème.

Benoît Saint-Cricq suivit Jeanne, qui avait attrapé la main de la petite Yachéda. Il prit soin de rester trente pas en arrière. Un peu plus loin, quand Jeanne la lava, nue dans la rivière, il fut très content de lui. Oui, il avait fait un très bon achat.

Mouhino Agboba avait laissé l'eau de la rivière faire tourner seule le moulin à sucre. Il était revenu à sa case, avec le coq. Il l'avait attaché par la patte et l'avait observé un long moment. À présent, il préparait les coquillages dont il aurait besoin ce soir et les peaux des fers-de-lance, les serpents les plus venimeux de l'île, qui lui permettaient d'entrer en contact avec Dangbé, son dieu-serpent. Après cela, il partit à la recherche de Lahougue. Il avait besoin de rhum tout de suite, et il lui en fallait pour ce soir. Le contremaître lui donna ce qu'il voulait, et il passa l'après-midi à verser un peu de rhum régulièrement autour de sa case et dans sa cour, là où aurait lieu, quand la nuit serait tombée, le sacrifice du coq.

De son côté, Koukoulou travaillait toujours dans le même champ. Il n'avait pas vu le contremaître de la journée et en était heureux. Il avait fourni tellement d'efforts déjà ces derniers jours qu'il ne savait pas s'il aurait su faire face si vite à de nouvelles vilenies de ce mauvais homme qu'était Gros Lahougue.

Quand la nuit arriva, le ciel mit au monde une fois de plus toutes ses étoiles. Wali-Wali, Ndossi et tous les esclaves ngbakas se réunirent autour de Koukoulou pour accueillir leur toute petite sœur Yachéda Yaché. Celle-ci, depuis qu'elle avait été séparée des autres Ngbakas qui avaient fait la traversée avec elle sur le bateau, n'avait pas souri une seule fois. Là, elle se sentit bien et montra sa joie en dégustant tout autant la cassave que les feuilles de manioc.

— Yachéda, il faut apprendre à parler comme les blancs. Peut-être que tu serviras dans l'habitation, ce sera mieux que de te fatiguer dans les champs, lui dit Koukoulou.

— Méfie-toi du maître. Il a des mauvaises idées, celui-là. Et toi, tu es une si petite fille que tu ne peux pas être sa femme!

Wali-Wali avait déjà répété au moins dix fois cette phrase à Yachéda. Koukoulou affirma:

— Le maître ne pourra pas jouer avec toi…

Ils se mirent à chanter, doucement. Leur chant ne gêna pas les Fons et les Yorubas qui étaient réunis autour d'Agboba. Ces derniers avaient bu du rhum, et chaque fois en avaient versé un peu sur le sol pour Dangbé leur dieu qui se déplaçait en rampant. Agboba avait des signes blancs dessinés sur tout le corps. Deux assistants, le torse nu, étaient aussi maquillés de blanc. Alors que l'assemblée récitait et psalmodiait des phrases incompréhensibles pour des non-initiés, Agboba le premier commença une sorte de danse et tomba vite par terre. Son corps rampa comme un serpent, se glissant dans tous les coins de la cour. Chaque fois qu'il approchait d'un homme ou d'une femme, il cherchait à lui mordre les pieds ou les jambes, ce qui obligeait les uns et les autres, tour à tour, à sauter et à s'enfuir avant de revenir. Enfin, il se calma et resta comme mort. Alors, tous ceux qui avaient assisté à la cérémonie se laissèrent tomber et imitèrent les morts, sauf les deux assistants, qui relevèrent Agboba et le maintinrent debout jusqu'au moment où il réussit à tenir seul sur ses jambes. Ils lui passèrent des colliers de coquillages autour du cou. Puis, l'un d'eux lui présenta le coq. Agboba le prit, lui dit quelques mots secrets que personne ne put entendre, et d'un geste vif il lui arracha la tête, qu'il garda dans sa main droite. Dans le même mouvement, il jeta le corps du coq en l'air. Quand celui-ci retomba, il sauta deux fois avant de s'arrêter sur un des hommes allongés. Les assistants relevèrent tout le monde, hommes et femmes, un par un, sauf celui qui avait le coq mort sur lui.

La cérémonie était finie. Chacun regagna sa case. Alors que tous dormaient ou faisaient semblant, l'homme au coq entra dans la case d'Agboba qui lui dit :

— Gnassounou, c'est toi qui as été désigné. Le sacrifice a réussi. Prends.

Il lui donna la tête du coq qu'il avait gardée à la main.

— Gnassounou, c'est toi qui tueras Koukoulou le Ngbaka.

Le lendemain matin, le vent que tous attendaient n'était pas encore là. Quand Koukoulou sortit de sa case, il regarda le ciel, mais aucun nuage n'était là pour lui faire un signe. Il se mouilla la bouche et ensuite le visage, puis il aperçut au-dessus de sa porte la tête d'un coq dont la crête rouge était comme une tache de sang, une tache de mort. Il comprit le signe. Il sut que ses fétiches allaient devoir le défendre, que les yanda devraient veiller sur lui chaque heure du jour et chaque heure de la nuit. Il était en danger de mort. Il y avait là, quelque part, pas loin, une chiure de charognard qui voulait le tuer.

Il alla au travail avec les autres. Il ne dit rien. Il savait qu'il devrait faire face seul.

Dans le jardin, Ndossi ne fut pas étonné de voir Wali-Wali, sa femme, venir vers lui. Elle voulait certainement des oranges. C'était cela, elle lui en demanda. Mais alors qu'il les cueillait pour les mettre dans son tablier qu'elle retenait avec ses deux mains, elle dit :

— Ils veulent tuer Koukoulou.

— Qui veut tuer ?

— Les Fons, ils veulent le tuer, ils vont le tuer.

— Comment tu sais ça, toi ?

— C'est Jeanne qui me l'a dit. Elle le sait. Tous les Yorubas le savent aussi.

À midi, le vent n'était toujours pas là, et le soleil faisait le beau en haut du ciel. Les esclaves s'assirent pour manger un peu. Certains s'allongèrent à l'ombre des trois arbres qui bordaient le champ de canne. Koukoulou était de ceux-là, mais il ne ferma qu'un œil. Son autre œil restait en alerte, et c'est lui qui vit arriver Ndossi.

— Koukoulou, ils veulent te tuer.

— Je sais.

— Tu sais déjà?

— Oui, je sais.

Il raconta qu'il avait découvert le signe rouge, la crête rouge du coq au-dessus de la porte de sa case.

— Koukoulou, il faut partir. Si tu restes, ils trouveront le moment pour te tuer. Tu n'auras pas assez de forces pour toutes les heures de tous les jours et de toutes les nuits.

— Je ne veux pas partir encore. Je veux connaître celui qui veut me tuer!

— Non, il ne faut pas attendre. Viens, je vais te cacher, moi. Je suis seul avec Wali-Wali à connaître vraiment le jardin et là, j'ai une cachette à moi.

Ndossi insista encore et Koukoulou finit par le suivre.

— Attends un peu, il faut que je passe à ma case. Je ne peux pas partir sans mes fétiches.

— Vite.

Ils allèrent jusqu'à la case. Koukoulou mit autour de son cou ses fétiches. Il ajouta la lanière de coco avec la feuille de mukulungui dans laquelle il gardait le dessin, son dessin, son image faite par René-Louis.

Ils partirent ensemble vers le jardin, en faisant un détour pour ne pas être vus. Ils étaient à moins de vingt toises de la rivière quand ils entendirent crier. Ils s'arrêtèrent et se regardèrent. Ndossi désigna là-bas l'ajoupa où logeait la petite Yachéda. Koukoulou se précipita. Il partit si vite que Ndossi ne réussit pas à le suivre. L'instant d'après, quand Koukoulou arriva à l'ajoupa, Yachéda criait encore à l'intérieur. Il entra et avec une incroyable force arracha la petite des bras de Benoît Saint-Cricq. Le maître, chemise ouverte, voulut terrasser son jeune esclave, mais il n'en eut pas le temps. L'esclave lui sauta à la gorge et il sentit comme des griffes lui labourer le cou. Des ongles lui labourèrent un côté du visage.

— Yachéda, va rejoindre les femmes, va.

Koukoulou la vit lui sourire avant qu'elle ne s'enfuie.

Benoît Saint-Cricq hurlait à son tour.

Koukoulou rejoignit Ndossi et, ensemble, ils longèrent la rivière et la passèrent à gué. Ils s'allongèrent au milieu des larges feuilles lisses des malangas* qui poussaient là. Personne ne pouvait les voir.

Ils entendirent accourir. Nombreux étaient les esclaves qui venaient secourir leur maître. Ils reconnurent bientôt la voix de Gros Lahougue qui donnait des ordres. Ndossi souffla doucement à Koukoulou :

— J'y vais, ne bouge pas de là. Je reviens vite te chercher.

Dans l'habitation, c'étaient des cris et des pleurs. Les négresses de la maison donnaient les premiers soins à leur maître qui geignait. Il avait perdu beaucoup de sang. Il réussit à dire :

— Une bête, c'est une bête !

Solange Saint-Cricq écoutait sans entendre. Elle était là, incapable de raisonner. Le gros Lahougue avait compris. Il se précipita dehors et hurla :

— Qu'on me ramène ce Koukoulou mort ou vif.

Agboba, qui n'était pas loin de lui, le rejoignit et lui dit :

— Il mourra avant demain, je le sais. Le sacrifice hier soir a réussi.

Wali-Wali avait pris sous sa protection la petite Yachéda, qui lui avait raconté ce qui s'était passé. Elle avait simplement répondu :

— Koukoulou ton grand frère a bien fait de te défendre. Ne crains rien à présent. Ne bouge pas.

Ndossi, qui était arrivé là, ajouta :

— On va s'occuper de Koukoulou, il faut qu'il
s'enfuie, sinon il mourra ce soir ou cette nuit.

Il murmura plusieurs paroles à l'oreille de Wali-
Wali, puis ils sortirent ensemble de la pièce.

Koukoulou fermait les yeux. Il n'avait plus de
force. Il attendait, le nez respirant la terre de l'île.
Il s'endormit pour rêver à la nuit qui, le soir, sort
du dessous des grands arbres pour aller s'allonger
sur le monde. Peut-être que son sommeil aurait
duré toute la nuit jusqu'au matin si le vent n'était
pas arrivé. Il sentit une caresse sur son dos et sur
ses jambes. Il se réveilla et se tourna légèrement. Le
soleil avait commencé à éteindre ses rayons.

Koukoulou entendit marcher, non loin de là. Il
ne bougea pas. Une voix lui dit :

— Viens, petit frère, lève-toi. Suis-moi.

C'était Ndossi. Il était calme, sûr de lui. Il
savait par où passer. Il emmena Koukoulou dans
une cachette du jardin que même le maître ne
connaissait pas. Là, Wali-Wali les attendait. Elle
posa son front sur celui de Koukoulou, comme
une sœur, comme une maman. Elle lui murmura
en le regardant droit dans les yeux quelques paroles
essentielles. Il lui fit signe qu'il avait compris. Elle
ajouta :

— Tu seras le premier de nous à retrouver là-bas
le souffle des ancêtres.

15

En route pour la Nouvelle-France

La grève de Fort-Royal avait été dépoussiérée par le vent arrivé dans la soirée. Il risquait de tourner à la tempête au moindre soupir des dieux. En suivant les consignes de Wali-Wali, Koukoulou était parvenu à s'y reconnaître dans l'entrelacs de rues sombres qui conduisaient au port.

Devant lui, sous les reflets d'une lune décroissante, il découvrait plusieurs navires ancrés dans la baie. Il avait cru qu'ils seraient moins nombreux. Parmi eux se trouvait le brick à bord duquel il était décidé à monter pour avoir la vie sauve. Il savait qu'il lui faudrait rassembler toutes les ruses de félin dont l'avait doté les yanda, les grands esprits de la forêt, pour réussir à se faufiler jusque dans la cale. Mais avant, comment découvrir le bateau qui le ramènerait vers l'Afrique et sa forêt?

Les mots de Wali-Wali tournaient dans la tête de Koukoulou: «C'est ta chance, petit frère! Le maître a parlé avec le capitaine d'un bateau qui s'en va à la bouche du fleuve Niger pour ramener de pauvres nègres comme nous. Le capitaine a dit que son bateau, c'est un brick, que ses voiles sont carrées, qu'il va vite, si vite qu'il s'appelle *Le Poisson Volant*. »

La pensée de revoir son village, sa case, de retrouver l'odeur de la terre humide, des feuilles mortes, de devenir enfin le chasseur qu'il voulait être, avait fouetté Koukoulou. Un feu aussi vif que celui de la forge était entré dans ses veines. Aucune hésitation n'était de taille à freiner son élan.

Wali-Wali avait bien dit : « Demain, quand le soleil aura commencé à monter dans le ciel, *Le Poisson Volant* partira. »

Trop d'excitation avait submergé le garçon. Il s'était vu libre, déjà. Ndossi l'avait obligé à retrouver le sentier de la raison. Le sac de toile, que le jardinier et sa femme lui avaient préparé, contenait de la nourriture et de l'eau pour survivre le plus longtemps possible. À leur insu, Koukoulou y avait glissé un couteau. Une fois à bord, il lui reviendrait de trouver plus vite que les rats dans les cales de quoi tenir jusqu'au bout. C'était la nuit. Il serrait dans sa main un papier sur lequel Wali-Wali avait essayé d'écrire « *Poisson Volant* ».

À l'affût pendant des minutes aussi épaisses que de la mélasse, Koukoulou avait usé de ses pouvoirs pour neutraliser le matelot de garde : le vieux avait ressenti un besoin incontrôlable de dormir.

Tellement qu'il ferma les yeux debout comme un éléphant. Fier d'échapper à sa condition d'esclave, Koukoulou eut tout le temps de monter à bord et de se glisser derrière la porte de la cambuse*. Manœuvrant dans le noir aussi bien que dans la forêt de Gbazabangui, qu'il retrouverait bientôt, il parvint à se rendre dans une cale.

Soudain, des cris en provenance du pont le réveillèrent. Il s'était assoupi dans la cache qu'il avait fabriquée au creux d'un compartiment de marchandises. L'odeur du café que contenaient les sacs l'avait mis en confiance. De sa traversée forcée sur le *Vent d'Armor*, il se souvenait qu'il risquait moins en allant se réfugier sous le gaillard* d'avant. Plus loin il se tiendrait du capitaine et de ses officiers, et plus il aurait de chance de revoir sa terre-naissance, qui conservait la mémoire des pas de son enfance.

Le mouvement du bâtiment lui rappela d'autres pénibles souvenirs, ceux des jours où il avait été malade couché dans l'entrepont. Des gouttes de soleil traversaient les fissures de la charpente, mais il ne pouvait savoir si les côtes de la Martinique étaient déjà loin derrière. Constatant que le navire avait commencé à monter et à descendre sous la poussée d'une houle du large, Koukoulou s'endormit de nouveau après avoir mangé une banane et bu une gorgée d'eau. Ce n'était qu'au prix d'une pareille privation qu'il demeurerait en sécurité dans sa cachette et tiendrait le coup jusqu'à l'arrivée, espérait-il.

Des journées passèrent. N'en pouvant plus de curiosité, il avait voulu mesurer où en était rendue la navigation. Il avait cherché une manière de voir à l'extérieur. Un matelot, qui avait dissimulé sa réserve d'eau-de-vie dans une pile de sacs voisine, vint à un poil de le surprendre. Même sans parvenir à l'écoutille, Koukoulou en avait déduit qu'une tempête s'était emparée de leur route et qu'elle les secouait rudement. Sans doute était-ce à cause d'elle que l'air devenait plus frais au fil des heures?

Les crissements de la coque soulevée puis aussitôt lourdement rabattue, l'eau salée qui s'infiltrait entre les planches et l'agitation de l'équipage lui rappelèrent les peurs qu'il avait connues sur le négrier. Il n'aurait su dire depuis combien de jours *Le Poisson Volant* subissait cette raclée que le vent lui infligeait, mais une autre souffrance l'inquiétait. Non seulement les nuits étaient froides, mais les jours n'apportaient plus la consolation du soleil. Jamais dans son village, même quand venait la saison humide et que la pluie ne débarrassait plus le ciel de ses nuages, il n'avait autant grelotté. Une toile, trouvée sur la cargaison, ne suffit pas à lui conserver sa chaleur. D'ailleurs, Koukoulou observa que le matelot venu se confier à ses bouteilles d'eau-de-vie portait de nouveaux habits par-dessus ses anciens.

Il avait bien essayé, toujours avec la toile et une corde, de se fabriquer une tunique, sauf que les dards du froid avaient continué de le transpercer jusque dans sa chair. De perpétuels picotements aux doigts, les engourdissements qui s'étaient emparés de ses pieds devenaient intolérables. Ses résistances menaçaient de flancher.

C'est alors que Koukoulou échafauda un projet : le matelot, qui se consolait tous les jours auprès de ses fioles, lui apparaissait bon. L'ayant observé depuis au moins dix jours, il l'avait entendu parler, pleurer sur son sort après avoir avalé de longues rasades. Pourquoi ne profiterait-il pas d'une prochaine visite pour lui manifester sa présence et attirer sa sympathie ? Koukoulou finit par se convaincre que cet homme avait des enfants, peut-être un garçon de son âge, et qu'il avait hâte de le revoir. Il accepterait le pacte d'amitié qu'il allait lui proposer. Le cœur réchauffé par cette image de bonté, il réussit à dormir malgré les frissons qui agitaient ses membres.

Sur les bords du fleuve Oubangui, il vit un jeune chasseur parvenant seul à libérer les gens de son village qui avaient été pourchassés et capturés ; il vit ce même chasseur se tenant orgueilleusement face à un officier blanc à qui il venait de sauver la vie, parce qu'on ne laisse pas un homme se faire dévorer par un léopard ; il vit aussi ce chasseur se promener des fers aux pieds et aux mains devant ce même blanc sans que celui-ci intervienne pour lui redonner sa liberté. À son réveil, il se demanda s'il ne devait pas plutôt trancher la gorge du matelot blanc pour lui prendre ses vêtements que de miser sur son improbable générosité ?

Toute la journée, le lendemain, son esprit fut tourmenté par ce dilemme. Le froid intensifiant sa douleur à mesure que le temps passait, il se demanda quel mauvais sort s'était emparé du *Poisson Volant*. Quelle terre ou quelle mer les mauvais esprits avaient-ils créée pour contraindre ainsi les hommes à se priver de chaleur ? La chaleur n'était-elle pas ce que la nature donne tous les jours aux hommes et aux femmes pour vivre, comme la lumière, l'air, la nourriture ?

L'heure du marin arriva. Koukoulou l'observa sans perdre de vue le moindre de ses gestes dans l'obscurité. La cale était baignée d'ombre et d'humidité comme la forêt de son père. Le couteau de jardinier, dissimulé entre deux sacs, demeurait à portée de main. L'homme portait sur la tête un gros bonnet, ses mains étaient recouvertes d'autres mains faites de toile qu'il retira pour se saisir de sa bouteille. Koukoulou constata qu'il avait enroulé autour de son cou un morceau de tissu épais. La lame serait empêchée d'aller jusqu'à la peau, estima-t-il.

Assis dos à Koukoulou, le matelot se mit à chanter à voix basse. Même si le garçon parlait le français, il n'était pas certain de comprendre les paroles. Malgré cela, il se laissa attendrir à la vue de cet homme solitaire. Il se décida à attirer son attention. Pour y arriver, il lui lança des éclats de bois qu'il avait trouvés autour de lui.

— Foutez-moi la paix, rats des cales! gloussa le matelot d'une voix qui tanguait plus que le bateau.

Koukoulou pensa un instant abandonner, tellement il redoutait la suite, mais le mal répandu en lui était insoutenable.

— Hé! matelot, dit-il.

— Qui va là? demanda celui-ci.

Koukoulou n'osa pas répondre, aussi figé de peur que de froid.

— Cette maudite navigation me rend fou, reprit le marin, voilà que j'entends les rats parler.

Le garçon attendit qu'il avale une longue gorgée pour lui dire d'une voix forte:

— Matelot, j'ai besoin de ton aide.

Se redressant non sans peine, l'ivrogne essaya de voir dans l'obscurité qui avait parlé. Il dit:

— Pour quoi faire, mon aide?

— Parce que je vois que tu es un homme bon.

Du fond de son ivresse, le vieux loup fit quelques pas en direction de l'abri où Koukoulou se cachait, une main sur le couteau de jardinier.

— Qui es-tu pour avoir besoin qu'on t'aide? bafouilla-t-il.

N'y tenant plus, Koukoulou se risqua à sortir de sa cachette. À sa vue, le matelot recula. Visiblement étonné de sa découverte, il se dit: «J'ai pourtant bien compté ce matin et il n'en manquait pas un.»

— Ils voulaient me tuer, je suis parti. Je veux retrouver mon village.

— Où est ton village?

— Au bord de l'Oubangui.

— L'Ou... quoi, qu'est-ce que tu me racontes là?

— Matelot, ton bateau est trop froid, j'ai mal...

Le vieux ne voyait plus trop clair dans ce qui lui arrivait. Après que Koukoulou eut raconté son histoire, il lui dit, sur un ton rassurant, de retourner dans sa cachette, qu'il allait s'occuper de tout.

— Capitaine Pronovost, voici le passager clandestin que nous venons de découvrir dans les soutes à café, fit le maître d'équipage, en livrant son prisonnier à son supérieur, les mains attachées derrière le dos. Il prétend qu'il a fui les îles pour retourner au pays de ses ancêtres.

— Mais tu n'as pas la peau rouge, mon pauvre garçon, fit le capitaine en se moquant.

Koukoulou ne dit rien. La trahison du matelot l'avait convaincu d'en raconter le moins possible. Comme la mygale, il voulait disparaître dans l'intention de ressortir à son heure. Ce qui ne l'empêchait pas de regarder autour de lui, impressionné par les instruments, les cartes, les meubles, les tableaux aux murs.

— Qui t'a fait croire que nous partions pour l'Afrique ? *Le Papillon des Vents* fait route vers la Nouvelle-France.

Koukoulou bredouilla une explication, craignant de s'attirer des représailles. Sans l'avouer, il comprit comment il s'était trompé en essayant de lire le papier de Wali-Wali. Le capitaine dit :

— Vous n'allez pas laisser celui-là en caleçon par un froid pareil. Il a besoin de vêtements chauds. Qu'attendez-vous pour l'habiller de saison ?

Puis, s'adressant de nouveau à Koukoulou :

— Pour dire la vérité, tu parles un excellent français, d'après ce que je vois, et tu es un garçon pour le moins futé. Sans compter que tu es musclé et de belle apparence.

Le capitaine Pronovost allait poursuivre quand le second capitaine, Charbonneau, entra dans le carré* des officiers sans crier gare. Visiblement apeuré, il annonça la présence d'une frégate anglaise par tribord arrière.

— Nous sommes au large de Boston. Elle se dirige sûrement vers Chibouctou, qu'ils appellent maintenant Halifax! Nous allons devoir contourner la péninsule acadienne et nous réfugier à Louisbourg en cas de danger.

Cette nouvelle déclencha chez le capitaine une chaîne de commandements qu'il cria à l'équipage autour de lui. Au passage, il dit, parlant de Koukoulou :

— Descendez-le avec les autres.

Sans plus de considération devant l'urgence, Koukoulou fut conduit dans la cale, cette fois sous le gaillard d'arrière. Malgré cet ordre soudain, il retint sa colère envers le capitaine, convaincu qu'il avait gagné sa sympathie. L'alerte passée, il était sûr qu'on le ferait remonter sur le pont.

Dans le compartiment où deux matelots l'amenèrent, il eut la mauvaise surprise de trouver des esclaves, assis par terre, chaînes aux pieds, mais chaudement vêtus comme il l'était à présent.

Cette découverte remettait ses espoirs à zéro.

16

Québec à la pointe du beaupré

Pas plus que Koukoulou, les esclaves emprisonnés dans le parc sous le gaillard d'arrière ne savaient où se situait la Nouvelle-France. Ses nouveaux compagnons lui apprirent qu'ils avaient été vendus par leurs maîtres de la Martinique au capitaine Pronovost. Celui-ci n'était donc qu'un négrier comme les autres ? Pourtant, Koukoulou lui avait trouvé moins de violence, moins de méchanceté que ceux dont il avait dû subir jusque-là l'autorité. N'avait-il pas fait remettre à chacun de quoi se protéger contre le froid ?

Pour la première fois de sa vie, Koukoulou se trouvait enfermé dans une deuxième peau rugueuse qui le couvrait de la tête aux pieds. Lorsque le matelot lui avait remis ses habits, il avait dû lui expliquer comment enfiler ses jambes dans un sac destiné à envelopper les hommes. Une corde nouée autour de sa taille empêcherait ce grand caleçon de glisser. Il se dit que cela devait être fabriqué de poils de bête tressés. La même chose pour cette tunique qu'on lui passa par-dessus la tête, et qui recouvrait son corps. Il mit ses pieds dans ce qui lui sembla de petites gourdes ouvertes, fabriquées dans une peau de bête. On avait tourné la fourrure vers l'intérieur. Comme le matelot de l'eau-de-vie, on l'avait forcé à enfiler des mains de toile par-dessus les siennes. Sur la tête, on l'obligea à déposer ce qui ressemblait à une demi-calebasse molle. Il n'aimait pas la sensation que tout cela lui laissait sur la peau. Ça piquait de partout. Sauf que la chaleur était revenue et que les tremblements de ses membres avaient cessé.

Fers aux pieds comme les autres, Koukoulou n'entendait plus battre son cœur. Il se disait que le malheur venait d'y creuser un trou par où le rêve de retrouver sous peu sa forêt tant aimée se dérobait. La déception fut si totale qu'il ne perçut pas les cris de l'équipage et le bruit des canons. Wali-Wali lui avait rapporté qu'un brick était un bateau rapide, mais il ne soupçonnait pas, replié sur sa peine, que *Le Papillon des Vents* venait d'échapper à ses poursuivants.

En rade dans le port de Louisbourg, le navire nécessitait des réparations. Un boulet avait atteint la haute vergue du grand mât. La forteresse française offrait tous les secours et la sécurité en ces temps de guerre.

— Ces salauds d'Anglais nous ont attaqués alors que la paix est signée entre la France et leur pays. À moins que les hostilités aient de nouveau été déclarées sans que nous le sachions, ronchonna le capitaine Pronovost.

— Nous vivons une époque incertaine, et je crains pour la survie de la colonie, répondit son second.

Les travaux de remise en condition allaient durer toute la semaine. Le capitaine s'inquiétait du retard pris, il savait que les marées d'octobre dans le golfe du Saint-Laurent étaient effroyables.

— Plus nous retarderons, et plus nous risquons de voir Québec sous la neige. Les cargaisons sont en bon état? s'enquit-il.

— Aucune avarie à la coque, tout est bien arrimé, j'ai vérifié moi-même, rassura le second.

— Et le bois d'ébène?

— Depuis qu'on leur a passé des habits en étoffe du pays et qu'on leur a mis une tuque sur la tête et des souliers de bœuf* aux pieds, ils résistent mieux. Malgré cela, il y en a qui ont attrapé le rhume. Avec des tisanes de cornouiller agrémentées d'une gorgée de rhum, je ne doute pas qu'ils s'en remettent, informa le maître d'équipage, qui assistait à la conversation.

— Allez me chercher le clandestin, ordonna tout à coup le capitaine. Je ne voudrais pas qu'il soit contaminé, je pourrai en tirer au moins mille livres. Ce serait risquer de perdre un tel profit net que de le laisser avec les autres.

Après avoir longé les îles de la Madeleine par le sud, *Le Papillon des Vents* avait fait escale au poste de pêche de Penouille, dans l'incomparable baie de Gaspé. C'est là, à quelques encablures, que le Malouin Cartier avait planté une croix au nom de François Ier, plus de deux siècles auparavant. Par cette escale, le capitaine satisfaisait à la commande du bourgeois Philibert, le plus gros marchand de la colonie, qui attendait deux cents caques* de hareng salé.

Depuis le départ de Louisbourg, Koukoulou, que le capitaine Pronovost avait décidé d'appeler Charles, passait ses journées dans le carré à servir les officiers. La nuit tombée, on l'enfermait, muni d'un pot de fonte émaillée pour ses besoins, dans un coqueron à proximité de la dunette*.

Deux pas derrière le commandant, sur le pont, Koukoulou s'étonnait des couleurs de la forêt dans ce curieux pays. Partout à perte de vue, les montagnes avaient les coloris du feu, parsemés de taches vertes. Un vent toujours plus glacial courait le long des berges. Les matelots venaient de crier que les ancres avaient été remontées. Pronovost donna ses ordres pour reprendre la mer. Se tournant vers Koukoulou, il lui dit :

— Charles, tu m'apporteras un café dans lequel tu auras versé un boujaron* de rhum. Tu te souviens? C'est ce que je t'ai appris à faire hier.

Tandis que le brick prenait de face les vents d'ouest qui balayaient le golfe au tournant du cap Gaspé et entreprenait sa route vers Québec, Koukoulou craignait de ne jamais revoir l'Oubangui. Cependant, il avait échappé aux travaux des champs et au contremaître de la plantation. Maintenant, il se retrouvait au service d'un homme qui le traitait bien, qui lui apprenait à servir les blancs. Sans doute Wali-Wali serait-elle étonnée de découvrir que le travail de son petit frère ressemblait au sien.

Le Papillon s'arrêta une nouvelle fois, deux jours plus tard. Dès qu'il fut à l'ancre dans une anse sur laquelle tombait un soleil sans chaleur, une chaloupe s'approcha, longeant un autre bâtiment au mouillage.

— Bienvenue à Mont-Louis, lança l'homme qui se présenta sur le pont.

— Vous me voyez ravi, mon cher Michel Mahiet, d'être de retour dans votre seigneurie. Je constate que *La Marianne* est toujours aussi belle.

— Une goélette de cette qualité serait appelée à connaître un destin plus grand. Mais encore faudrait-il que la métropole croie plus fermement en l'avenir de la colonie, de la péninsule de Gaspé, et au commerce de la morue séchée, répondit le maître des lieux.

— Vous pouvez être assuré que j'ai bien livré aux Antilles les quintaux que vous m'aviez confiés en août, fit Pronovost.

Les deux hommes se connaissaient parfaitement. Ils fréquentaient les mêmes salons de Québec et faisaient partie de l'élite commerçante de la Nouvelle-France.

— Et je vous ai réservé les barriques que vous allez rapporter à notre ami Philibert. À cette date tardive, je craignais presque que vous ne veniez plus.

Le chargement commença sur-le-champ. Il n'y avait pas un instant à perdre.

Le lendemain, au réveil, Koukoulou eut une autre surprise. Décidément, ce pays changeait de couleur comme un caméléon. De quel danger voulait-il se prévenir?

La nuit avait laissé une mince couche de neige sur la contrée. À perte de vue, sur les falaises bleutées qui bordaient l'anse de Mont-Louis, dans la vallée qui la prolongeait de chaque côté de la rivière à l'embouchure de laquelle était mouillé *Le Papillon*, Koukoulou crut se retrouver devant un champ de coton. Il en fut renversé.

Le mousse Petitpierre, à qui le capitaine avait confié la tâche de surveiller Charles discrètement, vint à sa rencontre dans le carré.

— Suis-moi, tu vas voir qu'il n'y a pas de danger.

— Les yanda de la forêt rouge doivent être tristes. Ils ont enveloppé la terre parce qu'elle va mourir.

— Qu'est-ce que tu racontes? Ces flocons sont les premiers de l'hiver. Ils fondent quand on les prend dans nos mains.

Koukoulou finit par céder et suivit Petitpierre. Il se hasarda à toucher la neige qui s'était accumulée sur le pont. Il fut tout à son étonnement quand le coton tombé du ciel disparut à l'instant où il voulut s'en saisir. La magie de se retrouver subitement avec de l'eau froide dans la main devint un jeu. Il riait et buvait cette eau. Petitpierre et lui s'amusaient comme les enfants qu'ils étaient encore un peu. Koukoulou était loin de se douter de ce qui l'attendait au long des prochains mois.

Octobre touchait à sa fin lorsque Québec se découvrit enfin à la pointe du beaupré. L'équipage s'était regroupé sur le gaillard d'avant pour hurler son contentement. Quand *Le Papillon* contourna l'extrémité ouest de l'île d'Orléans, le profil du cap Diamant apparut dans sa noblesse, à contre-jour d'un soleil couchant. Sous cette lumière froide

qui présageait l'hiver, le brick se rapprocha doucement des quais de la Saint-Charles. Le quartier du
Palais, à droite, avoisinait le faubourg Saint-Roch
et paraissait bien à l'étroit collé contre la Basse-
Ville. Heureusement que la côte de la Montagne
existait pour le relier à la Haute-Ville, où habitait
le capitaine Pronovost. Celui-ci en profiterait pour
saluer au passage son ami Philibert, au *Chien d'Or*,
le prestigieux magasin de la rue Buade.

— Sain et sauf, Charles-Émile! s'exclama le
commerçant.

— Non sans peine, répondit le marin. Ces mau-
dits Anglais nous ont attaqués durant une journée.
Grâce à notre vitesse, nous leur avons échappé,
emportant quelques avaries.

La conversation se poursuivait quand Pronovost
se hasarda à faire une proposition à son ami :

— Je vous ai ramené un noir qui vous sera d'une
grande utilité dans la maison. Il vous fera un
domestique dépareillé.

— Non! Charles-Émile, vous savez que cela
va contre mes principes. Le Seigneur m'interdit
de traiter ainsi un être humain, dût-il être un
domestique.

— J'aurais cru que vous ne renonceriez pas à une
paire de bras alors qu'il est si difficile de trouver de
la main-d'œuvre dans la colonie.

— Plutôt payer des gages ou me priver que
d'acheter un homme.

Depuis que le navire avait quitté Mont-Louis, Koukoulou s'était presque retrouvé coupé de tout contact direct avec le capitaine. Celui-ci souhaitait seulement qu'il soit en bonne santé et se satisfaisait d'être informé par Petitpierre. Rassuré de son comportement, l'officier comptait de ce fait réaliser la meilleure vente possible. Devant le refus du marchand, il lui faudrait dénicher un autre acheteur.

Les dix esclaves avaient terminé le voyage dans les soutes entre le sucre de la Martinique et le hareng de Gaspé. Ils se trouvaient en plutôt bonne santé, dans ces circonstances, bien que les tisanes du maître d'équipage se fussent révélées d'un effet limité. Quelques-uns furent conduits à l'Hôtel-Dieu pour que les Hospitalières les guérissent avant de les remettre à leurs propriétaires. Tous ces nègres étaient des commandes fermes de nobles et de bourgeois de Montréal, de Trois-Rivières et de Québec, que le capitaine avait honorées. Les bonnes sœurs attendraient que le curé de Saint-Augustin vienne prendre possession de son noir, payé sept cents livres.

Koukoulou passa la nuit suivante dans une dépendance de la nouvelle demeure du capitaine, rue Sainte-Ursule, où Petitpierre l'avait installé. Seul sur sa paillasse, frissonnant dans ses habits de laine, il tira sur lui une couverture dans l'espoir de s'endormir. Le monde dans lequel il débarquait était trop différent pour que son esprit réussisse à s'arrêter sur une seule image. Quand il voulut ramener dans son cœur le souffle de son ancêtre, quand il appela les bons yanda pour le consoler d'avoir mis les pieds sur la terre froide où il n'y avait que des hommes couleur coton, il se sentit sec et vide comme une gourde trouée. Seule la peur couvait dans son cœur comme un tison. Son unique consolation était de se retrouver sous la protection d'un homme en qui il avait confiance.

17

Le tonnelier de la rue Sous-le-Fort

Le capitaine Pronovost se leva tôt, il avait une affaire à régler. Sa femme fut chargée de s'occuper du noir enfermé dans le hangar. Elle devait voir à ce qu'il mange bien et ne prenne pas froid.

L'homme partit d'un pas mal assuré sur les chaussées boueuses en direction de la Basse-Ville. Rue Saint-Louis, il croisa des confrères à qui il ne restait plus, comme à lui, qu'à attendre la fin de l'hiver pour reprendre la mer. Devant des maisons qui rappelaient les quartiers élégants des villes de l'ouest de la France, on parla des conditions difficiles dans lesquelles il faudrait caréner les bateaux pour la prochaine saison. Finalement, il se dirigea vers son ancienne adresse, rue Champlain. À l'époque récente où il y vivait, il avait fait la connaissance d'un tonnelier prospère. Sa boutique était située à l'angle de la rue Sous-le-Fort. « Voilà un homme qui a besoin de main-d'œuvre », se dit-il.

Recroquevillé sur sa paillasse, roulé en boule sous la peau d'une bête qui lui était inconnue, Koukoulou attendait qu'on vienne ouvrir. Il avait sondé la porte, mais elle était verrouillée de l'extérieur. Il aurait aimé boire dans la bassine qui reposait sur la corde de bois de chauffage, mais cela s'était révélé impossible. L'eau n'était plus de l'eau. Elle s'était métamorphosée en vitre, pareille à celle qui remplissait le carreau dans la porte, par où pénétrait un brin de clarté.

Soudain, il entendit quelqu'un venir. À chaque pas que l'on faisait, la terre craquait comme un amas de brindilles. La jeune femme, qui s'était avancée sur une gelée blanche, entra, souriante, un panier à la main. Elle regarda dans la bassine et demanda :

— Tu n'as pas bu ?

La mimique incrédule que lui fit Koukoulou déclencha chez elle un rire. Elle comprit.

— Ce n'est rien. Regarde.

Il vint près d'elle. De son doigt, elle poussa sur ce qu'il croyait être de la vitre, et l'eau remonta sur le givre qui s'était formé.

— Tu as froid ?

Il ne dit rien, mais son attitude suffit pour qu'elle comprenne.

— Suis-moi. Tu mangeras dans la cuisine.

C'est ainsi que Koukoulou fit la connaissance de la famille du capitaine. Sa femme et ses trois jeunes enfants le regardèrent manger. Il avala ce qu'elle lui donna sans se demander ce que c'était. Il but une tasse de lait chaud. Rassasié, il ne s'éloigna pas un instant de la boîte de fer remplie de feu qui occupait le coin de la pièce. Les trois petits n'en revenaient toujours pas de leur étonnement. Ils chuchotaient entre eux. Koukoulou leur souriait. Il n'avait pas encore osé proposer ses services à la femme qui poursuivait ses tâches domestiques.

Le tonnelier, Georges Ruest, reçut le capitaine avec courtoisie, mais sans plus. Ils se connaissaient de l'époque où ils étaient voisins. Sauf que ceux qui partaient pour la Haute-Ville perdaient un peu son estime. Les navigateurs cherchaient trop à se rapprocher de la noblesse et de la bourgeoisie, à son goût. Néanmoins, tous ces gens étaient ses clients et, par les temps difficiles que connaissait la Nouvelle-France, il se retenait de dire le fond de sa pensée. Les mendiants poussaient au coin des rues, les filles fréquentaient les cabarets pour de l'argent, et la maladie se répandait plus vite que les rumeurs. Trop de saleté et les épidémies de typhus dévastaient les faubourgs, les rues où la pauvreté s'incrustait.

Ruest était un artisan aux manières dures. Sa vie n'avait servi jusque-là qu'à enfiler les malheurs les uns derrière les autres. Il avait perdu l'usage du sourire. Pas méchant, mais brusque. À Pronovost, qui venait lui offrir un domestique, il rétorqua :

— Vous devriez le vendre à vos nouveaux amis.

— Ceux qui en voudraient en ont déjà.

— Et pourquoi comptez-vous que je m'accable d'une bouche de plus à nourrir ? J'ai déjà une Panise* pour la maison et un sauvage pour m'aider dans l'atelier. Avec mon homme engagé, ça me suffit.

La discussion se poursuivit. À vrai dire, le tonnelier était intéressé. Sauf qu'il se doutait bien que le capitaine exigerait le gros prix. N'avait-il pas besoin d'argent pour payer sa nouvelle maison ? Les négociations duraient encore à midi, Ruest offrit à dîner à son hôte.

C'est Constance, la Panise, qui fit le service. Elle apporta des chopes de bière, du pain en quantité et des assiettes remplies d'anguilles fumées. La beauté de la fille ne put échapper à Pronovost.

— Quel âge elle a, ta sauvagesse ?

— C'est ma défunte qui s'était chargée de l'acheter, y a trois ans passés. Ça doit lui faire quinze ans aujourd'hui.

Le marchandage avait fait une pause. Pendant le repas, le capitaine raconta son voyage aux Antilles. La guerre, dont tous les gens de la colonie essayaient de repousser le spectre, occupa toute la conversation. Allait-elle reprendre ? Tout le monde disait que Louis XV se souciait peu de posséder le Nouveau

Monde, et que la Pompadour s'y entendait mieux aux affaires de l'Europe.

À l'heure de reprendre le travail, les deux hommes convinrent que le temps de conclure était arrivé.

— Je vous en ai demandé mille deux cents livres et vous m'en offrez six cents, dit le capitaine complètement dépité. Faites au moins un dernier effort.

— Vous savez, Pronovost, que personne ne va payer le prix que vous voulez pour un noir. S'il est aussi musclé, fort, intelligent et avenant que vous le prétendez, amenez-le-moi, et nous allons signer le contrat chez le notaire à sept cents livres, conclut Ruest.

Les semaines écoulées chez le tonnelier avaient à peine permis à Koukoulou de se remettre de sa colère. Le capitaine n'était lui aussi qu'un négrier, un marchand de vies, un hypocrite. Il ne pourrait jamais plus faire confiance à un blanc. Pas question, se disait-il, de se laisser amadouer par Georges Ruest. Un esclave ne peut pas sourire à son maître et vouloir attirer sur lui sa bonté. Il travaille, il mange, il dort et le lendemain, il recommence.

Ils étaient quatre hommes dans l'atelier : le tonnelier, son apprenti Desruisseaux, Jacob le Panis et Koukoulou, qu'on continuait d'appeler Charles.

Le maître avait confié au garçon la tâche d'alimenter la chaufferette en bois sur laquelle il mettait les carcasses des tonneaux à chauffer. C'était à lui aussi que revenait la responsabilité d'arroser à l'eau bouillante ces mêmes carcasses pour qu'elles puissent être cintrées. De cette façon, toutes ces douves, que l'apprenti mettait un soin à doler*, étaient réunies par des cercles que Jacob installait en suivant exactement les ordres de Ruest.

Les murs étaient recouverts d'outils que Koukoulou voulut connaître par leur nom. C'était Jacob qui lui apprenait à les identifier. Il s'essayait parfois à coincer un merrain sur le banc d'âne*, et à l'amincir avec une plane* pour qu'il devienne une douve, comme le faisait Desruisseaux. Son talent n'échappa à personne, certainement pas au tonnelier. L'apprenti, pour sa part, lui fit comprendre qu'il devait désormais se tenir loin de ses outils.

Koukoulou mit des mois à se rendre compte que Jacob était un esclave comme lui. La pâleur de sa peau, comparée à la sienne, lui interdisait de se l'imaginer dans sa situation. Il n'avait jamais vu que des noirs servir des maîtres.

La maison de pierres du tonnelier s'élevait sur deux étages. L'atelier se situait au rez-de-chaussée, tandis que l'homme et ses nombreux enfants habitaient au premier étage. Derrière l'atelier, il existait un appentis où logeaient Jacob et Koukoulou. Depuis l'arrivée de ce dernier, Constance s'était vu attribuer un coin sous l'escalier qui menait au logement familial.

Un soir que les deux jeunes gens – Jacob avait moins de vingt ans – soupaient, assis le plus près possible de la truie* qui chauffait leur réduit, Koukoulou se sentit assez en confiance pour demander :

— Pourquoi tu dors avec moi ?

— Parce que le maître dit que les esclaves restent ici. Avant que tu arrives, Constance dormait sur ta paillasse.

— Mais tu n'es pas un nègre !

— Je suis un Panis et je suis un esclave, comme toi.

Tout en mangeant leur morceau de lard salé, auquel Koukoulou commençait à s'habituer, soutenu par un quignon dur, un oignon et une tasse d'eau chaude, Jacob raconta son histoire à son compagnon de destinée.

— Mon peuple habite loin d'ici, du côté du soleil couchant. Il faut remonter des rivières, parcourir des forêts et, plusieurs jours plus tard, on arrive au fleuve Missouri. De l'autre côté, il y a les grandes plaines de la rivière Nebraska. C'est là que les Panis vivent.

— Est-ce qu'il fait chaud, là-bas ?

— Le froid est moins grand et s'en va plus vite qu'ici. Mais on a la chance d'avoir des peaux de bison pour se couvrir. Mes frères étaient de grands chasseurs.

L'ordre des valeurs de Koukoulou venait d'être bouleversé d'un coup. Les chasseurs existaient ailleurs que sur les bords de l'Oubangui, et ils pouvaient devenir esclaves, même si leur peau n'était pas noire. « Est-ce que les chasseurs deviennent tous des esclaves ? » se demanda-t-il.

— Il y avait la guerre dans les plaines. Une tribu ennemie nous a attaqués. Des guerriers nous ont faits prisonniers, ma sœur et moi. Il y a longtemps, je ne m'en souviens plus bien. Je sais que ce sont des Iroquois qui nous ont amenés à Québec.

Il semblait soudain à Koukoulou que les digues de l'isolement derrière lesquelles il avait choisi de se réfugier venaient de se rompre. Il avait fallu un temps infini avant qu'il s'autorise à parler à celui avec qui il vivait à tous les instants. Sa méfiance s'était durcie comme la neige après le verglas.

En silence, il suivait du regard, depuis le premier jour, les gestes de Constance. Il ne manquait pas d'observer ses déplacements quand elle venait dans l'atelier pour apporter les repas. Sa peau qui avait emprisonné le soleil, ses yeux allongés, l'ovale de son visage, il les connaissait déjà par cœur. Tous les soirs, elle lui servait une assiette de lard ou de poisson séché. Sa douceur, la précision de ses gestes, l'harmonie de ses mouvements soulevaient en lui des flots de sentiments, lui apportaient le bien-être qu'il avait ressenti seulement sur les rives de son fleuve.

De rares fois, leurs regards partagèrent la même lumière, vibrèrent à la même intensité. Certaines fois Constance, d'autres fois Koukoulou avaient baissé la tête, regardé ailleurs pour ne pas laisser se tisser une illusion entre eux. Sans se parler, ils savaient qu'ils avaient le même âge, que leurs cœurs pouvaient battre ensemble. Le secret demeurait leur seul moyen de s'exprimer.

Février s'achevait, et Koukoulou se demandait s'il n'y avait qu'une seule saison dans ce pays. Il évitait de sortir quand le vent soulevait la neige et qu'il voyait à peine de l'autre côté de la rue Sous-le-Fort. Une fois, il aperçut un noir qui passait en transportant, lui avait-il semblé, les valises d'une vieille dame. Ses frères qui avaient été emportés en même temps que lui sur *Le Papillon des Vents* étaient-ils encore dans la ville ? Parfois, il aurait aimé aller à leur recherche. Il se sentait très seul. Comment s'y retrouver dans un monde uniquement peuplé de blancs ? Dormir dans sa case sacrée près de la forêt lui manquait.

Les mouvements gracieux de Constance comblaient le vide de sa vie. Elle traversait ses rêves en y laissant tomber une lumière comme le soleil qui pénètre entre les cimes des irokos* et des moabis*. Il savait, désormais, qu'elle était esclave elle aussi.

Tous les trois partageaient un même sort. Jacob était soudain plus qu'un compagnon d'atelier. Toutefois, comme à l'habitude, ils terminèrent leur repas sans ajouter un mot. Sauf que, cette fois, ce silence était plein de pensées neuves pour Koukoulou.

18

Changement de cap
pour René-Louis

Le capitaine René-Louis de Coatarzel avait ramené *La Petite Joséphine* à son armateur sans la moindre anicroche. À sa première traversée, avec les pleins pouvoirs sur un équipage, il s'était signalé par le déploiement de tous les talents qu'on lui reconnaissait déjà. Monsieur Lorinière lui accorda l'accueil qu'il aurait réservé à un fils. Il insista pour que René-Louis s'installe à Nantes afin de passer la fin de l'année près de lui. Il l'assura qu'une carrière de premier plan l'attendait dans ses affaires de négociant armateur.

René-Louis était certes heureux de toutes les attentions dont on l'entourait, mais il ne parvenait pas à vibrer au diapason de l'euphorie dont il était la cause. Il portait en lui une mélancolie qui l'amenait à s'isoler plutôt qu'à suivre les réceptions du beau monde auxquelles Lorinière le conviait soir après soir. Dans l'appartement luxueux mis à sa disposition, il préférait regarder les dessins qu'il avait rapportés de son expédition sur le *Vent d'Armor*.

Il allait au-devant des émotions dans l'intention de retrouver celles qu'il avait ressenties au moment de saisir une scène, de détailler un personnage; il y mettait une certaine complaisance. Un jour, alors que le vent dormait sur la route de la Martinique et que le calme régnait à bord, il avait rapidement esquissé un croquis de Tanguy Coatmeur, le pilotin, échangeant un regard amoureux avec Samana. La vue de ce dessin fit remonter en lui un sentiment qu'il transportait sans vouloir se l'avouer, sur sa vie de négrier. Il cherchait à définir le trouble qui s'était logé en lui.

Dans les semaines qui suivirent, il continua, à son corps défendant, de repasser dans sa mémoire les événements qui l'avaient choqué. La mélancolie s'était muée en une tristesse inavouable au regard de la carrière qui s'offrait à lui. Il rangea ses dessins et, pour sortir de l'état de mal-être qu'il associait, sans conviction, à son retour à terre, il se mit résolument à la fête.

— Vous semblez avoir vaincu la fatigue qui vous accablait, mon cher Coatarzel, lui fit remarquer Lorinière.

— Cela paraissait à ce point?

— Rien de plus normal que ce relâchement, mon jeune ami. Vos talents autant que vos nerfs ont été rudement éprouvés cette dernière année. Pour vous distraire, pourquoi ne feriez-vous pas le portrait de ma bonne mère? Sa modestie de vieille femme s'en trouverait flattée autant que sa vanité de grande dame.

Après s'être acquitté de cette tâche, René-Louis trouva un prétexte pour se réfugier dans le vieux château familial à Vallet. Il avait mûri cette dernière année, et les fêtes nantaises lui étaient finalement apparues en contradiction avec son humeur profonde. La réception qu'il reçut des siens lui fit comprendre qu'ici aussi son statut avait changé. Sa réputation l'avait devancé dans le labyrinthe des vignes, en décrépitude depuis quatre ou cinq décennies. Le blason familial s'enorgueillissait d'un capitaine qui avait à peine vingt ans. Il représentait, avant même d'avoir franchi le portail de pierres ancestrales, le renouveau des Coatarzel. C'était un beau parti à marier avec une riche jeune fille de la nouvelle bourgeoisie nantaise.

Ainsi commencèrent des semaines d'un incessant tiraillement pour René-Louis. Pendant que, dans une salle du château, on avait improvisé une exposition de ses tableaux et de ses dessins, dont la chaleur contrastait avec la froideur des pierres en hiver, l'artiste fuyait les gens. Souvent, il partait à l'aube et marchait sans destination aux creux des vallons. Il contournait le vaste plan d'eau du marais qui venait longer la Sanguèze avant qu'elle ne parte tout doucement rejoindre la Sèvre pour qu'elle jette leurs eaux dans la Loire, à Nantes. Emporté par les courants, son esprit reprenait le large, et ses contrariétés réapparaissaient. Pourquoi n'était-il plus pressé de naviguer ? Il savait que la culpabilité se cachait au fond de lui aussi bien qu'un homme dans la cale d'un bateau, mais il ne voulait pas encore se l'avouer.

Un soir, René-Louis rentra de ses déambulations et se réfugia dans la salle où ses proches avaient installé ses dessins. Il refit en image son premier voyage de négrier. Il revit Bonny, où ses talents artistiques avaient été mis au service du négoce. Il sourit au souvenir du papier-miroir, une belle invention, se dit-il. Quand il se rejoua mentalement la scène de leur escale dans le golfe de Guinée, il vécut à nouveau l'instant où il s'était écarté de la piste pour découvrir, dans un fouillis de lianes, la source qu'il avait reproduite avec précision.

Un dessin en noir et blanc. Et pour cause.

Le léopard qui bondit.

Un garçon qui s'interpose.

« Il m'a apporté tous les secours de l'amitié, il m'a sauvé la vie », se répéta-t-il le cœur serré.

Le visage de Koukoulou réapparut trait par trait dans sa mémoire. Une image d'une telle clarté qu'il aurait pu la reconstituer et l'insérer dans la suite où elle manquait.

Une invitation d'Henri Fougeray lui était parvenue sur ces entrefaites. Son grand ami avait voulu qu'il le retrouve à Lorient, lui laissant entendre qu'il avait de grandes nouvelles pour lui.

— *La Poularde Rousse* nous a bien nourris tout en nous réchauffant le cœur une première fois, pourquoi ne pas y retourner, mon cher camarade? À moins que le grand capitaine de Coatarzel ne dédaigne de fréquenter les auberges des équipages, s'amusa Henri.

Comme il faisait bon pour René-Louis de se retrouver en présence de celui avec qui il se sentait en toute intimité. Avant même d'avoir commencé à lui raconter son voyage, il comprit qu'il venait de résoudre une partie de ses angoisses. La seule vue chaleureuse de cet ami, dont il connaissait l'ouverture d'esprit, à qui il pouvait tout confier sans redouter un jugement lapidaire, l'aida à comprendre le mal qui le rongeait.

Dégustant une platée de saucisses et se régalant d'une bolée de cidre dans l'atmosphère enfumée de l'auberge, René-Louis alla droit au but:

— Tu avais raison, les nègres sont des humains comme nous. Dans leurs yeux, j'ai vu la peur, pareille à la nôtre, j'ai vu leur haine envers nous qui leur enlevions la liberté. J'ai même vu l'amour dans le regard d'une négresse pour un blanc. Ils rient, ils pleurent, leur sang a la couleur du sang.

— Combien de temps as-tu cru en ton rôle de négrier ?

— Cela pourra te paraître contradictoire, mais c'est la découverte des rois nègres, leur veulerie, leur cupidité... et de les voir faire le commerce de leurs semblables sans remords qui m'a secoué. Tout à coup, je me suis vu moi aussi en commerçant, ils me renvoyaient une image de ma propre conduite. Ils m'ont offert un miroir de mes gestes que j'ai refusé, je l'avoue, de regarder en face le plus long-temps possible.

René-Louis énuméra les étapes de son périple. Il confia à Henri que la désertion de son pilotin, Coatmeur, pour lequel il éprouvait une grande affection, avait achevé de le secouer :

— Lorsque je me suis rendu compte que j'approuvais son geste sans oser l'avouer au capitaine Kermarec, j'ai rejoint ton camp pour de bon.

Après avoir bu une gorgée de cidre, qui fut le prétexte à un long silence, René-Louis finit par se rendre au bout de son raisonnement :

— À toi seul, Henri, je peux le dire. Maintenant que je suis de retour, que je regrette le commerce que j'ai fait, je suis torturé par un problème moral.

— Tout le royaume devrait avoir le même pro-blème que toi. Ne va pas en faire une question personnelle, mon ami. Que tu renonces à cette vie de négrier est déjà une absolution.

René-Louis se résolut enfin à confier à Henri qu'il avait eu la vie sauve en Afrique grâce à un garçon qui avait fait fuir un léopard.

— Je ne suis intervenu en rien pour qu'on lui évite le même sort qu'à ses congénères. Il finira sa vie en esclavage dans une plantation, alors que moi je suis libre.

— Qu'aurais-tu pu faire? Si ton capitaine ne l'avait pas acheté, c'est le suivant qui l'aurait fait. Et comment aurais-tu pu convaincre Kermarec de ne pas le vendre, quand tu as toi-même vendu trois hommes?

S'il n'effaçait pas toute sa culpabilité, le raisonnement d'Henri fut tout de même un soulagement pour la conscience de René-Louis.

— Le commerce des esclaves n'a pas fait de toi un homme riche, ce n'est pas de sitôt que tu m'inviteras dans ton hôtel particulier sur le cours de la Bôve, mais je suis profondément heureux de découvrir l'homme inquiet et sage que tu es devenu, confia Henri.

La servante, éternellement avenante et malicieuse, vint les interrompre et leur proposa:

— Un gâteau du pays au thym et au miel?

— Autant qu'il m'en souvienne, le menu n'a pas changé depuis la dernière fois, lui lança René-Louis sur un ton tout aussi badin, qui montrait sa bonne humeur retrouvée.

La jeune femme s'éloignant dans ses sabots qui martelaient la dalle, il fit remarquer à Henri :

— Tu ne m'as encore rien dit de la raison pour laquelle tu m'as invité à venir jusqu'ici.

— Sache que ce n'est pas sans rapport avec tout ce que tu viens de me confier.

Alors, Henri expliqua que son père, au cours de sa carrière dans la marine, avait longuement servi sous les ordres du marquis de La Jonquière. Plus d'une vingtaine d'années auparavant, les deux hommes avaient fait ensemble un service à terre de six ans à Brest. Et depuis, ils étaient demeurés très liés.

— Je veux en venir au fait que le marquis prendra bientôt ses fonctions de gouverneur général de la Nouvelle-France, poursuivit Henri. Lors d'une réception à Paris en son honneur, il nous a confié qu'il voulait donner un souffle nouveau à l'enseignement maritime, principalement l'hydrographie. Je savais que tu étais à terre, aussi ai-je sauté sur l'occasion pour lui recommander tes services à titre de conseiller personnel en ces matières. Comme mon père a soutenu ma proposition, il l'a acceptée. Tu es attendu à Québec, l'été prochain. Est-ce que cela te convient ?

— La Nouvelle-France ?

— Mon intention, je te l'avoue maintenant sans faux-fuyant, était de te détourner de la vie de négrier. Quelques années dans les colonies, à portée de l'autorité royale, m'ont semblé une solution de remplacement honorable. N'est-ce pas?

— Tu m'offres une belle position, mais je dois quand même un peu réfléchir.

N'en désirant pas davantage, Henri lui offrit de partir en sa compagnie sur les routes de Bretagne.

— Dans dix jours, je dois assister à un bal donné par le gouverneur de Concarneau. Nous pourrions nous y rendre ensemble. Tu prendrais tes crayons et tes pinceaux… La Bretagne est un pays créé pour les marins et les artistes!

Une odeur de goémon charriée depuis les Glénan, ces îles que les navigateurs ont de tout temps redoutées, rendait à la Conque de Cornouaille tout son tribut maritime. Mêlé à l'âcreté des effluves que dégageaient les pêcheries de sardines, un air humide enveloppait les invités qui franchissaient le pont-levis de la porte principale de Concarneau. C'était une journée faste: la noblesse des environs, les familles des sénéchaux de la cour de justice royale de Conq-Foesnant-Rosporden, et les officiers des régiments se mêlaient à la bourgeoisie pêcheuse et commerçante, aux gens d'affaires ou de robe pour se congratuler et faire des alliances. Dans les lueurs du ponant, le clocher de la chapelle de la Croix trônait en contre-jour sur son faubourg. Pour une fois, il régnait sur la forteresse, souvent assiégée au cours des siècles, et sur ses environs une atmosphère de paix. Sans doute illusoire, car les Anglais ne seraient pas sans revenir à l'assaut des places fortes de Bretagne. Mais, ce soir-là, mêlés au défilé des invités du gouverneur, annoncés dans les formes, les sieurs Henri Fougeray et René-Louis de Coatarzel se trouvaient en toute sécurité.

On a beau être Breton, quand on est du Pays nantais, on n'a pas nécessairement parcouru toute la Cornouaille. René-Louis connaissait Macao, mais il entrait pour la première fois à Concarneau. Il fut impressionné. Il faut reconnaître que l'on avait soigné l'aménagement pour séduire le beau monde ; la Ville-Close, illuminée de flambeaux, parée d'étendards et de guirlandes, avec tous ces serviteurs en livrée, rayonnait d'un charme à la hauteur de sa réputation de forteresse imprenable.

La soirée avançait et Henri faisait les présentations, lui qui connaissait les familles une à une, les Jauréguy, Montis, Lohéac ou Boisguehenneuc entre Lorient et Brest. René-Louis constata avec étonnement que sa réputation de jeune capitaine s'était répandue dans le milieu maritime. Transportée par des courants de bons mots, elle avait atteint les rivages de toutes les noblesses. Il le découvrait dans le sourire des jeunes femmes, savamment timide, et dans l'accueil respectueux des hommes.

— Vous faites honneur à la tradition des grands officiers de marine du pays, lui dit le seigneur de Kermenguy.

— Comme je suis heureuse de vous rencontrer, lui avoua en souriant la bourgeoise Jeanne-Gabrielle de Bourblanc.

René-Louis ne répondait que distraitement.

Depuis qu'il l'avait vue, son regard s'était aimanté au profil d'une jeune femme, cheveux châtains, yeux du ciel tropical, sourire qui aurait bouleversé l'âme d'un flibustier. Pour la première fois de sa vie, il éprouvait un tel élan! Son libre arbitre de capitaine confronté à la foudre n'agissait plus.

— Henri, qui est la jeune femme à notre gauche?

— C'est Nathalie-Christelle Kerzenot, la fille d'un grand commerçant de Concarneau.

Dans la fraîcheur de la nuit, un groupe de jeunes gens partit en promenade sur les remparts en direction de la porte aux Vins. La conversation se poursuivit entre la demoiselle Kerzenot et le capitaine de Coatarzel pendant de longues minutes, tandis que le clocher de l'église Saint-Guénolé leur imposait une autorité accueillante.

— Je propose que nous rentrions nous joindre aux danseurs, fit René-Louis.

Nathalie-Christelle dissimula son enthousiasme devant l'invitation, par seul respect pour les conventions.

19

Le grand frère des Panis

Les commandes pour les tonneaux arrivaient avec une telle régularité à l'atelier de Georges Ruest que le temps passait à toute vitesse. «Il faut trimer dur de la barre du jour au coucher du soleil pour mériter son ciel», répétait le tonnelier à ses obligés. L'homme avait de la rugosité dans les manières, pardonnait mal l'erreur et ne complimentait jamais, sauf qu'il était juste envers les uns et les autres, ce que reconnaissait Koukoulou.

Depuis le nombre indéterminable de jours qu'il était enfermé entre les murs de la tonnellerie, dans un remugle de bois chauffé et de fers rougis, il était en voie de devenir un homme à la carrure solide. Il se trouvait désormais à l'étroit dans la chemise qu'on lui avait enfilée sur le *Le Papillon des Vents*, par-dessus laquelle il portait un capot de serge grise tout élimé aux entournures, que lui avait donné le maître. Ce dernier s'en était départi, parce qu'au plus froid de l'hiver, Koukoulou n'avait pu surmonter des frissons envahissants. Avertis par

les autorités de la colonie de ne pas exposer leurs
noirs aux rigueurs du climat, au risque de voir
disparaître leur investissement, les propriétaires leur
concédaient volontiers les vêtements qu'ils ne portaient plus. Même Louis XIV, en son temps, s'était
montré réticent à donner sa permission pour que
les habitants de la Nouvelle-France fassent venir
des nègres, assortissant son autorisation de recom-
mandations à la plus grande prudence. Frontenac
avait été prévenu que Sa Majesté redoutait que ses
sujets subissent des pertes après avoir engagé une
dépense considérable pour l'achat de ces biens mal
adaptés aux écarts de climat.

Au profit d'un redoux survenu en mars, Koukoulou
s'essaya à dépasser le coin de la rue Champlain.
C'était un dimanche ensoleillé, annonciateur du
printemps. Sa tuque calée par-dessus les oreilles, son
capot serré à la taille par une ceinture de laine, ses
bas remontés sur les jambes de sa culotte en grosse
étoffe brune, et chaussé de ses souliers de sauvage,
il s'avança parmi les passants. Hésitant à mettre le
pied ou dans la boue ou dans l'eau ou sur une pla-
que de neige, il demeura figé devant la pente qui
conduisait jusqu'aux rives du fleuve. Depuis peu,
ses eaux bleues étaient réapparues après que les
énormes amas de glace, qui l'avaient recouvert tout
l'hiver, eurent été emportés par le courant. Sous le
regard indulgent des uns et sous les moqueries

des autres, il ne savait plus s'il devait avancer ou retraiter chez son maître.

Un trop grand besoin de partir à la découverte des environs, dont il entendait parler tous les jours, et de respirer l'air frais l'incita à continuer. Il avait à peine fait dix pas qu'il dérapa sur la glace vive dissimulée sous une mince flaque d'eau. Victime de son manque d'expérience, qui lui aurait fait rechercher l'équilibre perpétuel en de pareilles circonstances, il s'étala de tout son long dans la rue sale. Si la neige absorba le choc, elle recouvrait néanmoins tous les détritus que les habitants ne se retenaient pas de jeter sur la chaussée publique. Mouillé jusqu'aux os, puant plus que les latrines derrière l'atelier, Koukoulou ne parvenait pas à se remettre sur pied.

Sans qu'il leur ait rien demandé, Jacob et Constance avaient suivi avec attention la sortie de leur copain. D'ordinaire, le dimanche, ils partaient retrouver d'autres Panis sous d'étranges prétextes et ils ne rentraient qu'après le coucher du soleil, avait noté Koukoulou. Cette fois, ayant compris que celui-ci se préparait à découvrir la Basse-Ville, ils retardèrent leurs préparatifs, voulant être les premiers témoins de ses pas en hiver. Dissimulés derrière le mur de la maison, qui faisait le coin de la rue Sous-le-Fort et de la rue Champlain, ils assistèrent à la chute de leur voisin d'atelier.

Koukoulou entendit rire derrière lui. Il savait que sa condition lui interdisait de répliquer. En cherchant à se relever, il vit le frère et la sœur profiter de ses déboires pour s'amuser, une rare fois. Trouvant en lui des traces de son orgueil de chasseur, il s'insulta de les voir. Il leur cria en sango des mots dont il aurait difficilement trouvé l'équivalent en français. Quand Jacob, sur l'insistance de Constance, se décida à venir l'aider à se remettre debout, Koukoulou sentit pour la première fois qu'une complicité avait grandi entre eux et qu'elle commençait à se manifester.

— Ce serait-y que les noirs ont le dessous des pieds rond? dit Jacob qui rigolait encore.

Il prit Koukoulou sous le bras et ce dernier, dans un éclat de rire, entraîna son camarade dans la boue avec lui.

— Tu vas voir que les Panis peuvent aussi avoir la peau noire! s'exclama-t-il, sous le regard de Constance.

— Relevez-vous et revenez vous sécher auprès du feu tout de suite, sinon vous allez attraper la grippe, les supplia-t-elle sur le ton d'une domestique habituée à s'occuper des enfants.

À la fin du printemps, Koukoulou et Jacob formaient équipe et se soutenaient comme des frères dans l'atelier. Desruisseaux était passé d'apprenti à compagnon, mais il continuait à leur montrer de la méfiance. Ruest menait son monde avec fermeté sans se montrer inutilement désobligeant. Cette apparente égalité de traitement déplaisait à Desruisseaux. Constance accomplissait ses tâches avec la même douceur et la même discrétion. Partout où elle allait, son charme et sa beauté lui valaient des regards soutenus et admiratifs.

Avec l'arrivée de l'été, Koukoulou découvrit une autre étrangeté dans le climat de ce pays. Les jours s'étaient mis à allonger. S'il fallait travailler des heures en plus, parce que le tonnelier voulait profiter de la lumière, cela n'en laissait pas moins des périodes de clarté pour fureter dans la ville. Et mieux encore, voilà qu'il faisait aussi chaud, assis sur les bords du Saint-Laurent, que sur les rives de l'Oubangui. Ce fut une révélation pour Koukoulou. Il n'avait pas cru Jacob quand, en plein hiver, il lui disait que certains jours la chaleur de l'été serait sans doute comparable à celle de sa forêt africaine.

Ses sentiments pour Constance s'étaient intensifiés au passage du temps. Quelques fois, ils s'étaient retrouvés seul à seul, mais sans être parvenus à abattre le pan de timidité qui faisait obstacle entre eux. Avec l'arrivée de l'été, Koukoulou espérait de tout cœur que la belle accepterait de se joindre à eux, Jacob et lui, pour aller à la reconnaissance des alentours. Il observait les habitants qui traversaient le fleuve dans leur barge, et les Indiens qui filaient avec le courant dans leurs canots d'écorce.

Coup de chance. Une rumeur se répandit dans toutes les maisons : une voile avait été aperçue à la pointe de l'île d'Orléans. Le premier bateau de la saison en provenance de Bordeaux, La Rochelle, Nantes ou Brest, qui sait, accosterait enfin au quai Saint-Charles en plein solstice d'été. Le ravitaillement, les nouvelles du pays, les visiteurs, la famille, toutes les attentes s'étaient amoncelées chez les citoyens de la colonie depuis le départ de la dernière flûte vers la mère patrie, huit mois plus tôt. Le sang se remettait à circuler, les espoirs à culminer, c'était la fête dans Québec. On aurait pu croire que les quelque dix mille habitants s'étaient précipités sur les berges du fleuve entre le chantier naval du Cul-de-Sac et le quartier du Palais, et même au-delà jusque vers le faubourg Saint-Roch. Les nobles, les bourgeois et les ecclésiastiques, de leurs salons de la Haute-Ville, avaient immanquablement dirigé leurs lunettes en direction de l'est. Tout comme le gouverneur général, Monseigneur se préparait à recevoir les hommages des arrivants.

Dans la foule du petit peuple, Koukoulou ne quittait pas Constance d'un pas. Pour la première fois, elle ne renonça pas à rester près de lui, à lui tenir compagnie. Au profit d'une bousculade, leurs mains se touchèrent. Elle lui adressa un sourire si avenant qu'il en fut tout remué. C'est à ce moment que Jacob revint vers eux accompagné d'un Indien :

— Koukoulou! Guillaume, que tu vois devant toi, est le grand frère des Panis à Québec. Toutes les fois que nous partons, ma sœur et moi, au jour du repos, c'est pour le retrouver.

Koukoulou fut ébranlé dans tout son être. Il sentit une chaleur lui parcourir le dos du crâne jusqu'aux pieds. La seule vue de Guillaume avait déclenché en lui la mémoire des puissances qu'il croyait anéanties par le froid. Les yanda, les esprits de la forêt, dont l'existence ne s'était pas manifestée depuis qu'il avait fui l'île de la douleur et les Fons, se réveillaient d'un coup. Kombo-Nzombo, son frère jeté à la mer, Kombo-Nzombo se tenait droit devant lui dans la peau d'un Panis. Le choc empêchait Koukoulou de bouger, de dire un mot. Son regard resta longtemps fixé sur Guillaume, tellement il attendait que celui-ci reprenne les traits de Kombo-Nzombo qu'il avait un instant entrevus.

— Moi, c'est Koukoulou, se limita-t-il à dire. Koukoulou.

— Ici, on m'a baptisé Guillaume Crevier, répondit l'homme qui lui parlait sur le ton de quelqu'un qui comprend le trouble de son interlocuteur.

Il indiqua l'ouest en levant le bras et compléta :

— Là-bas, chez les Panis, mon nom était Skidis, qui est aussi celui de ma bande.

— Et eux? questionna Koukoulou en désignant ses amis.

— Ils étaient si jeunes quand on les a capturés qu'ils ont oublié le nom qu'ils avaient dans la langue de nos tribus. Langue de Caddoan, qu'on disait.

Les mots que Skidis trouva réjouirent Koukoulou. Le grand frère des Panis voulut savoir d'où il venait, comment il était arrivé à Québec. Il l'écouta décrire la case qu'il habitait dans sa forêt et lui expliqua en quoi elle n'était pas très différente de la hutte de terre dans laquelle il avait lui-même grandi. Skidis raconta comment, une nuit où il enseignait aux enfants de son village à nommer les dieux-étoiles, ils furent faits prisonniers par leurs pires ennemis, les Sioux, qui les cédèrent aux Iroquois, qui les vendirent aux blancs.

C'est en l'écoutant que Koukoulou apprit à distinguer un Panis d'un supposé Panis :

— Pour les Visages pâles, tous les indigènes qu'ils ont à leur service sont des Panis, parce que les nôtres ont été les premiers soumis. Il y a aussi des Illinois, des Arkansas, des Renards, même des Sioux, mais personne autant que des Panis.

À Québec, le maître de Skidis était l'aubergiste Jean-Baptiste Crevier. Il tenait l'auberge *Au Renard*

Souriant dans la rue du Sault-au-Matelot, à l'autre extrémité de la Basse-Ville.

— Si tu viens avec nous, Koukoulou, à la nuit tombée, tu deviendras un Panis, lança Skidis.

Il faisait presque noir quand *La Divine Marquise* atteignit enfin le port. Le vaisseau, en provenance de Brest, jeta la joie chez les colons privés de liens avec leur mère patrie, qu'ils sentaient bien froide devant leurs déboires. Il n'empêche que, lorsque les nouvelles arrivèrent, c'est tout le babillage politique aussi bien que celui du peuple qui repartit pour des mois. La colonie vit aussi descendre des visiteurs de marque et de grands serviteurs du roi. Si Koukoulou était resté pour observer les passagers quand ils se présentèrent à la passerelle, il aurait pu reconnaître parmi eux un visage qu'il avait connu…

Les événements s'étaient précipités dans la vie de René-Louis de Coatarzel après sa soirée à Concarneau. Avec les encouragements d'Henri, qui l'accompagna, il séjourna non moins d'un mois dans la forteresse imprenable. Il était clair pour lui que sa rencontre avec Nathalie-Christelle ne devait pas demeurer sans lendemain. Et il ne fut pas long à obtenir une première invitation de la famille Kerzenot, puis une deuxième et une autre, avec une régularité qui le combla. Plusieurs fois, ils randonnèrent sur les plages, longèrent le Moros, où René-Louis prenait un soin délicieux à faire le portrait de celle qu'il désigna bientôt à Henri comme sa bien-aimée.

Puis, à la fin d'un voyage qui avait duré plusieurs semaines, il rentra à Vallet pour exposer ses projets à sa propre famille. Ce qui ne fut pas une sinécure : leurs vues s'opposaient. En son absence, les siens avaient conclu une alliance avec une grande famille nantaise. La benjamine de cette richissime lignée deviendrait une Coatarzel en épousant le vaillant capitaine, non sans déposer dans les coffres une dot importante, le tout assorti d'une entente pour la relance du vignoble et la commercialisation du vin.

L'impasse menaçait de durer plusieurs semaines. René-Louis se mit en tête de déconstruire le traité familial morceau par morceau. Premier objet de rupture, il ne serait plus capitaine. Deuxièmement, il acceptait l'invitation qu'on lui avait faite de partir en Amérique. Voilà une condition que n'admettrait pas la famille nantaise. Et, condition qui surpassait toutes les autres, il voulait faire un mariage d'amour ; celle qu'il chérissait entre toutes avait dit oui avec l'assentiment de sa famille.

En la ville et château de Concarneau, les cloches de l'église Saint-Guénolé, celle-là même qui avait vu les premiers regards alanguis que s'échangèrent

Nathalie-Christelle et René-Louis, célébrèrent la consécration de leur union. Manœuvrant aussi habilement qu'il avait su le faire sur le pont des navires, le capitaine de Coatarzel trouva le vent pour gagner la course contre le temps et arriver, au bras de celle qui avait accepté de le suivre à Québec, dans le port de Brest la veille du départ de *La Divine Marquise*.

20

Koukoulou, tu seras Panis

Pour parvenir là où il voulait se rendre, de l'autre côté de la rue Saint-Nicolas, Skidis avait prévenu Koukoulou qu'il lui faudrait traverser de nombreuses rues qu'il ne connaissait pas encore. Ce n'était le cas ni pour Jacob ni pour Constance qui y étaient allés plusieurs fois. Après s'être éloignés du fleuve, ils remontèrent jusqu'à la rue Notre-Dame pour partir dans la direction de l'ouest. Quelques enjambées plus tard, ils se retrouvèrent sur la place Royale, en face de l'église Notre-Dame-des-Victoires, où le buste de Louis XIV, source d'affrontements, avait été remplacé par une fontaine depuis un demi-siècle. C'était le point de rencontre que Skidis avait de toute évidence fixé à des membres de sa tribu et deux garçons de l'âge de Koukoulou s'étaient joints à eux. Les présentations faites, et se tenant un peu éloignés les uns des autres pour ne pas inutilement attirer l'attention, ils repartirent à la file vers le soleil qui baissait dans le ciel. De l'autre bord de la

Côte-de-la-Montagne, les six marcheurs prirent par la rue du Sault-au-Matelot.

Quand ils eurent dépassé la rue Saint-Antoine, Skidis se tourna vers Koukoulou et lui montra une maison : l'auberge *Au Renard Souriant*. Rien ne la distinguait de ses voisines à deux étages, construites en pierre, sinon qu'une enseigne pendait à sa porte, comme il y en avait une devant la boutique du tonnelier. Ils s'y arrêtèrent. Tandis que Constance et Jacob parlaient aux deux nouveaux venus, sans que le jeune noir comprenne un mot, leur guide revint de derrière l'auberge avec un sac de jute sur l'épaule.

— Suivez-moi, invita Skidis.

Tous partirent dans son sillage. Plus loin, alors qu'ils parvenaient au bout de la rue, l'homme bifurqua à gauche, sous la porte cochère d'une maison délabrée, en apparence inoccupée. Au fond de la cour, reconnaissant un passage entre des bosquets, les compagnons de marche débouchèrent dans une nouvelle rue. Une fille et un garçon les attendaient.

— C'est la rue Sous-le-Cap, informa Skidis, une des plus vieilles de la ville, à ce que j'ai entendu dire à l'auberge.

Pour rassurer Koukoulou, bien que celui-ci n'ait rien demandé, il précisa :

— Nous avons fait plus de la moitié du chemin.

En effet, à l'extrémité de la rue, ils traversèrent la côte de la Canoterie, longèrent une voie nouvelle, ce qui les conduisit à destination dans une prairie que Skidis semblait connaître aussi bien que celle où il avait grandi.

Des chênes gigantesques eurent un effet d'attraction sur Koukoulou. Dans le ciel rougeoyant, leur masse sombre s'offrait à lui comme un refuge où se mettre en sécurité. Les autres lui emboîtèrent le pas tout en parlant entre eux. Manifestement, ils se racontaient les anecdotes de la dernière semaine sur le ton de la complicité. Rien ne semblait plus habituel pour eux que de se retrouver dans cet endroit.

Pendant que les Panis poursuivaient leur discussion, Koukoulou se mit en retrait. Soudain, il remarqua que Skidis s'était éclipsé. C'est alors que Constance le rejoignit :

— Notre grand frère est parti à la rencontre de ses pouvoirs. Quand Tirawahat aura conduit les dieux à leur place dans le ciel, Skidis reviendra pour parler aux esprits. Tirawahat a créé les nuages, les vents, les éclairs, le tonnerre, c'est lui qui a tout créé.

— Tirawahat ?

— Il habite au milieu du ciel. Pour créer la terre, il a lancé une pierre dans un nuage de tempête. L'eau a surgi et, en la frappant avec des massues de guerrier, la terre est apparue.

Sans prévenir, un bruit de tambour se fit entendre dans la prairie. Aussitôt, Constance prit Koukoulou par la main et l'entraîna pour que, ensemble, ils se joignent aux autres qui s'asseyaient en demi-cercle sous les arbres. Encore feutré, le tambour bourdonnait comme un lointain roulement de tonnerre annonciateur d'orage. Plus personne ne parlait. La musique se rapprocha dans une nuit parfaitement étoilée. Comme un sourire, une petite lune se dessinait dans un coin reculé du ciel. Contournant le bosquet du sud vers le nord, un personnage vêtu d'une superbe robe en peau arriva en rythmant sa marche sur la cadence du tambour. Il vint se placer de dos devant ceux qui s'étaient assis. Sa robe se confondait avec l'arche céleste : sur son cuir blanchi descendant jusqu'à terre, on avait dessiné une constellation d'étoiles.

— Les étoiles sacrées, chuchota Constance à l'oreille de Koukoulou.

Une tempête s'engouffra progressivement dans le tambour. Le danseur intensifia l'allure de son pas et se mit à tourner sur lui-même. À son cou pendait un médaillon, lui aussi orné d'une étoile. Ses cheveux longs et noirs bougeaient à la vitesse de la tornade qui habitait désormais sa main et s'acharnait à marteler l'instrument, précédant le cyclone installé dans les pieds du danseur.

— Le chamane est transporté dans le monde des esprits, murmura encore la jeune fille.

Étranger à la réalité de ses semblables, l'homme cessa de frapper sur le tambour ; il prit dans sa main un os poli et sculpté qu'il fit se déplacer en de larges cercles devant lui, le tenant face au nord. Telle une complainte, il se mit à répéter un mot, toujours le même, comme un enfant qui appelle :

— Il parle à Karariwari pour lui demander de nous protéger.

— Qui est Karariwari ?

— L'étoile qui ne bouge pas, répondit Constance, en désignant l'étoile la plus brillante au-dessus d'eux.

Le chamane se trouvait dans un état de prière intense que révélaient le murmure de sa voix, ses épaules voûtées, l'humilité de ses gestes. Une prière qui se prolongea un long moment, jusqu'à ce que les Panis entreprennent de répéter Karariwari en même temps que leur guide. Le ronflement des voix remplit peu à peu l'espace sous la voûte des arbres. Karariwari... Karariwari... Karariwari...

Le refrain qui s'envolait des lèvres de Constance eut un effet d'emportement sur Koukoulou, qui se mit à psalmodier lui aussi. La répétition du mot dériva petit à petit et, à la fin, il priait en sango : il se voyait transporté sur les bords de l'Oubangui sous les arbres de sa forêt Gbazabangui. C'était Kombo-Nzombo, son grand frère, qui conduisait la cérémonie dans le royaume des yanda. À cet instant, le chamane marcha en direction de Koukoulou en poursuivant ses incantations. Il fit tourner l'os poli et sculpté autour de sa tête en priant l'étoile immobile. Koukoulou sentit son esprit s'engourdir et il se perdit un moment dans le regard de l'autre.

L'étrangeté des émotions qui l'avaient parcouru à la vue de Skidis se transformait en un sentiment de joie. Dans la chaleur de la nuit, emporté par le ruissellement des chants qui se mêlaient à celui de la rivière coulant devant eux, l'esprit de Koukoulou retrouvait la terre qui connaissait ses pas. Comme les Panis, et sans en avoir tout à fait conscience, il dansait au rythme du tambour qui s'était remis à parler dans la grande maison de Tirawahat.

Des chants adressés à d'autres dieux-étoiles prolongèrent la cérémonie. Constance se tenait à côté de Koukoulou et elle continuait de lui murmurer des explications à l'oreille. La nuit s'écoulait doucement. Koukoulou passa son bras derrière le dos de la fille ; elle déposa alors sa tête sur son épaule. La nature, autant que les humains, se recueillait. Une paix qu'il n'imaginait pas retrouver monta, tel un jaillissement, dans le cœur de Koukoulou. Il embrassa Constance sur le front, sur les joues. Tous les deux se souriaient à la lueur des étoiles.

Un immense feu avait été allumé plus loin sur le rivage. Les blancs aussi fêtaient l'été, le jour le plus long. Leur musique, leurs chants résonnaient dans la ville. Après des mois de froid, de privations et d'angoisse, la nuit du bonheur simple était venue.

Skidis et ses protégés s'amusaient de voir que la folie s'était maintenant emparée de ceux que la vie faisait rarement rire. Refaisant leur chemin en sens inverse, ils se retrouvèrent bientôt devant la porte du *Renard Souriant*. Skidis invita Jacob, Constance et Koukoulou à le suivre dans la cour arrière. Comme eux, il habitait une dépendance.

Dans une casserole d'eau bouillante, il jeta des herbes qu'il laissa infuser. Pendant ce temps, à la lumière d'une chandelle de suif, Koukoulou examinait le tambour sacré. Dans la moitié supérieure du dessin, des hirondelles volaient dans toutes les directions comme si elles essayaient de fuir devant l'orage. La tête d'un immense oiseau et ses ailes recouvraient la partie inférieure.

— C'est un oiseau-de-tonnerre, fit Skidis. Tu vois, les yeux et les ailes de l'oiseau font jaillir des éclairs qui, avec les vents, forment une tempête. C'est elle qui fait peur aux hirondelles.

Les murs de la pièce étaient décorés de dessins, principalement de scènes de chasse au bison. Ailleurs, des oiseaux et, plus haut, des ciels étoilés.

— On m'a séparé de ma tribu, là où coule le fleuve Missouri, mais j'ai transporté dans ma mémoire des images de la prairie. Elles sont miennes, dit Skidis d'une voix tout à coup nostalgique.

Constance, Jacob et Koukoulou longèrent prudemment les rues et se retrouvèrent à la tonnellerie tard dans la nuit. Ils rentrèrent en silence par la porte arrière. Sans qu'on lui demande rien, Jacob s'en alla s'allonger sur la paillasse de Constance sous l'escalier.

Koukoulou alluma une chandelle. Il prit sous son lit un sac de toile et il en retira un rouleau. Délicatement, il dénoua les racines qui le retenaient. Ensuite, il entreprit de l'ouvrir ; comme des écailles, l'enveloppe qui avait été une feuille de mukulungui s'effrita entre ses mains. Il s'en dégagea un carré blanc qu'il tendit à Constance.

— À ton tour de voir.

Elle le déroula. Son étonnement fut à son comble. Pour être bien certaine de ce qu'elle voyait, elle tint le papier devant la lueur de la bougie.

— Koukoulou ! Comment as-tu fait pour te coucher sur le papier ? C'est toi !

— Viens.

Dans les bras l'un de l'autre, Koukoulou entreprit d'expliquer à Constance comment un blanc avait un jour capturé son image.

21

L'oiseau-de-tonnerre

Au bout de deux mois, René-Louis commençait à connaître les repères de sa vie à Québec. Accueilli par le gouverneur général avec toute la courtoisie que lui valait son amitié pour le fils Fougeray, le nouveau conseiller spécial de la Marine se mit en frais de comprendre où se situaient les limites de ses responsabilités. Sous la protection de la plus haute autorité, il avait accès à tous les services de l'administration civile et militaire, les officiers du roi lui ouvraient aimablement leurs portes, la noblesse l'invitait dans ses cercles. Il en fut de même avec l'intendant Bigot, qui profita de leur premier rendez-vous pour lui confier sa vision de l'avenir de la construction navale. La réception que lui accordèrent les Jésuites, dont relevait l'enseignement de l'hydrographie, le laissa toutefois perplexe. Comme il s'en doutait, René-Louis découvrit une société avec ses alliances et ses inimitiés, sa confiance et ses trahisons, une colonie qui faisait la fête pour se distraire de sa misère et de ses angoisses.

Le gouverneur de La Jonquière avait veillé à l'installation du couple dans une maison de construction récente, rue Saint-Louis, à proximité de son château. Pendant que René-Louis parcourait la ville pour aller au-devant de ses interlocuteurs, dans un style qui étonnait les gens de la noblesse, Nathalie-Christelle répondait aux invitations nombreuses de toutes les dames qui s'échangeaient ainsi des politesses. Mais rien ne les réjouissait plus que de se retrouver en tête à tête à la fin de la journée. Entre cette nuit de bal à Concarneau et ces soirées de promenade en amoureux dans les rues de la Haute-Ville, ils avaient de la peine à suivre les tournants que leurs vies avaient pris.

Pour René-Louis, Québec, construite sur le haut et le bas d'un cap, constituait une escale de plus dans son tour du monde. La différence de conditions entre les habitants des deux quartiers lui apparut presque forcée. La beauté d'ensemble du site n'en laissait pas moins voir une ville aux rues mal entretenues, aux édifices souvent inachevés, à l'urbanisme improvisé, une ville qui souffrait d'un malaise apparent : nombreux étaient ses citoyens qui ne mangeaient pas à leur faim, qui portaient des vêtements usés jusqu'à la corde et allaient dans des souliers troués, des sabots usés, sinon pieds nus. Les épidémies de fièvre et de typhus récentes avaient entraîné de nombreux décès. D'ailleurs, c'est en traversant la Basse-Ville qu'il comprit mieux les précautions que l'intendant lui avait recommandé de prendre. Inquiet devant l'ampleur des épidémies, Bigot était même allé, lui avait-il dit, jusqu'à interdire à qui que ce soit de pratiquer la chirurgie ou la médecine sans avoir subi un examen devant le médecin du roi à Québec.

Le conseiller spécial de la Marine de Coatarzel fut rapidement saisi du problème crucial de la construction navale en Nouvelle-France. Le chantier du Cul-de-Sac se situait à l'extrémité ouest de la Basse-Ville. Après s'y être fait conduire à quelques reprises, René-Louis choisit plutôt de s'y rendre à pied. Pour ce faire, il devait emprunter la Côte-de-la-Montagne et bifurquer à droite en bas. La rue Saint-Pierre lui plaisait, car elle lui rappelait les rues de Nantes situées non loin du port. Dans la rue Sous-le-Fort, il passa devant la Tonnellerie Ruest, ainsi qu'il lut l'écriteau, sans y prêter attention. Son esprit l'avait devancé et essayait déjà de démêler l'écheveau des complications du chantier naval.

René-Louis s'était pris de sympathie, dès sa première rencontre, pour Levasseur, le chef de construction en Canada, selon le titre que lui avait consenti le ministre pour ses bons services. Il comprit rapidement que la position de Levasseur deviendrait vite inconfortable, celui-ci ayant perdu la confiance du gouverneur et de l'intendant. Les autorités lui attribuaient la perte du premier vaisseau construit au chantier de la Basse-Ville. *L'Orignal* avait été le plus considérable navire à sortir d'un chantier de marine à Québec. Pouvant recevoir soixante-douze canons, il devait convaincre le roi de poursuivre la construction de bâtiments de gros tonnage dans la colonie. Mais voilà qu'un malheureux accident était survenu lors du lancement : ayant brisé ses amarres, il s'était échoué sur un banc au-dessous du cap Diamant. Ne parvenant pas à le déloger, on avait dû se résoudre à le démembrer.

C'est un chef de construction démoralisé que René-Louis découvrit. Son mandat étant d'étudier la situation et de recommander au gouverneur des améliorations à apporter au chantier, il écouta Levasseur lui raconter l'histoire de la construction navale des dix dernières années, soit depuis son arrivée à Québec. Sur la suggestion de Levasseur, les deux hommes, retirés à l'auberge *Au Renard Souriant*, là où ils ne risquaient pas de rencontrer d'autres officiers du roi. La perdrix en ragoût le consolait de ses démêlés avec ses supérieurs. En fait, René-Louis constata que la perdrix, que ce soit en ragoût, en pâté ou en potage, était la spécialité du chef Crevier.

Pour se distraire de ses propres tracas, le conseiller spécial se muait régulièrement en artiste-peintre et partait incognito dans les rues grouillantes et odorantes. Un moment, il eut l'impression que le peuple, dans les chaleurs de l'été, suait des vapeurs d'oignon. Les ruissellements sur les parois du cap, les débordements des latrines, les animaux égarés donnaient aux rues terreuses un parfum de négligence. Délaissant ses robes d'apparat, Nathalie-Christelle adorait se retrouver avec René-Louis sur les bords de la Saint-Charles comme, il y a peu, ils se promenaient sur les rives du Moros. Elle se tenait derrière lui pour voir apparaître sur le papier le croquis qu'elle rêvait déjà de montrer aux siens.

Cette fois-là, un vendredi, l'artiste s'était réfugié à l'auberge où il avait pris ses habitudes afin de goûter l'anguille à l'étuvée que le chef réservait pour le jour maigre. Quand celui-ci se présenta à sa table, tenant l'assiette où les morceaux de poisson baignaient, avec le persil et les câpres, dans une sauce au vin blanc, il découvrit que son client faisait discrètement le portrait de son voisin d'en face, un gros homme typé et débonnaire, qui discutait passionnément avec un ami tout en vidant une bouteille.

— Je ne savais pas que vous aviez tout ce talent, monsieur.

— Ne vous ai-je pas dit, Crevier, de m'appeler René-Louis?

— Bien, monsieur René-Louis. Mais c'est que vous êtes doué, à croire que le Joseph-Pierre, qui est là en face, est venu se coller le visage sur votre papier.

— Si vous le voulez, je peux aussi faire votre portrait, et vous pourrez le suspendre dans l'auberge.

— Montrez-moi encore, dit l'aubergiste.

René-Louis prit la feuille qu'il avait déposée face contre table et la tendit à l'homme qui se tenait à ses côtés.

— Mais, c'est-y Dieu possible?

— Quoi donc?

— Il y a depuis peu sur les murs de la bicoque de mon Panis un dessin qu'on dirait que vous l'avez fait.

— Ce serait surprenant. J'ai conservé tous les croquis que j'ai faits depuis que je suis arrivé ici.

— Attendez... attendez!

Il fallut moins de trois minutes pour que Jean-Baptiste Crevier revienne d'un pas rapide du fond de l'auberge avec une feuille à la main.

— Regardez-y de près.

En une seconde, René-Louis franchit en mémoire des mois, des escales et des continents pour se retrouver devant un léopard qui s'apprêtait à sauter sur lui. Comme un reflux, une partie de sa vie lui remonta dans la gorge. Trop bouleversé, il n'essayait pas encore de s'expliquer comment le portrait de Koukoulou avait pu se retrouver dans cette auberge, à Québec, en Nouvelle-France. Sous le coup de l'émotion, il demanda:

— Jean-Baptiste, savez-vous où je pourrais trouver ce jeune noir?

240

Étonné, l'aubergiste répondit :

— Je sais, oui, mais pour quoi faire, monsieur ?

René-Louis ne releva pas la question, sinon pour se dire à lui-même que le moment était peut-être venu de…

— Vous avez raison, à quoi cela me servirait-il de revoir un visage saisi au hasard comme je viens de le faire pour ce… Joseph-Pierre ?

L'aubergiste déposa enfin l'assiette devant son client.

Pendant qu'il mangeait sans appétit son anguille à l'étuvée, René-Louis finit par se convaincre qu'il n'avait d'autre choix que de renoncer à son désir de rembourser Koukoulou pour la dette qu'il avait contractée envers lui. Il ne voyait pas ce qu'il aurait pu faire dans cette colonie qu'il connaissait à peine. Il ne termina pas son repas et repartit, artiste errant, sur les bords du fleuve. Le contraste entre la sauvagerie du pays et cette ville semblable aux autres, remplie de lois et de règles, l'attrista.

À la tonnellerie, le maître se montrait de plus en plus exigeant, imposait une cadence à la limite des forces de son monde. La chaleur de l'été, combinée à celle de l'eau bouillante et du fer rougi, devenait invivable. Même Desruisseaux, pourtant compagnon, suivait à peine. Lui aussi était victime de la mauvaise humeur qui s'était emparée de Ruest depuis quelques semaines. C'est en hurlant des ordres qu'il réveillait ses esclaves à la première lueur du jour. Toute la journée, il les surveillait en ne faisant aucune concession et exigeait qu'ils corrigent la moindre erreur qui leur valait, par ailleurs, des semonces comme ils n'en avaient jamais connu.

Sans que la nourriture fût abondante, il avait toujours veillé à les alimenter suffisamment avec des produits de bonne qualité. Maintenant, Constance devait faire approuver les rations qu'elle entendait servir à Jacob et à Koukoulou. Combien de fois ne lui avait-il pas reproché récemment de vouloir abuser de sa générosité, l'obligeant à retourner à la cuisine afin de réduire la part de chacun ?

La nuit, sur leurs paillasses humides, qui sentaient de plus en plus la paille chauffée, les deux amis essayaient de s'expliquer ce revirement inattendu. Certaines fois, ils devaient interrompre leurs discussions, car ils entendaient le tonnelier qui effectuait une ronde dans l'atelier. Parfois, il demeurait de longues minutes au pied de l'escalier sans bouger. On aurait cru qu'il attendait que l'un d'eux se lève pour lui faire un reproche. Constance l'entendait respirer à deux pas du rideau qui séparait sa couche de la pièce.

Pourtant, au lendemain de la cérémonie dans la prairie, Koukoulou en était venu à se dire que sa nouvelle vie était quasiment aussi bonne que celle qu'il aurait connue dans son village. Dès la journée de repos suivante arrivée, il était parti en compagnie de ses amis Panis pour une autre cérémonie consacrée aux dieux-étoiles. Encouragé par Constance, il dit quelques mots de sango et leur parla des yanda, les esprits de la forêt, et des mimbo, les esprits du piégeage. Avec Skidis, ils comparèrent les cultes de leurs ancêtres et se racontèrent des histoires de chasse. Ce soir-là, avant de se séparer du chamane, il lui confia un rouleau fait d'une écorce de bouleau qu'il avait trouvée sous la corde de bois de chauffage dans la cour de la tonnellerie, à côté des latrines.

— Tu es mon frère qui parle aux esprits, tu sais comment faire venir des images sur le papier-miroir. Celle-ci est à toi.

Le lendemain, lorsque Constance vint servir le repas du midi, elle échangea avec Koukoulou un sourire d'une tendresse qui n'échappa à personne. Un autre jour, Ruest les vit chuchoter et rire à la fin de leur journée de travail, assis tous les deux sur le banc devant la porte de la boutique.

Quand le samedi soir suivant arriva, le propriétaire annonça à ses trois obligés qu'ils ne quitteraient pas la tonnellerie le lendemain comme ils avaient toujours eu la permission de le faire.

— Les esclaves doivent obéissance absolue à leur maître, jugea-t-il utile de leur rappeler.

Plutôt que d'aller retrouver Skidis et les autres, ils passèrent le dimanche à nettoyer la boutique et l'atelier, à ranger tous les matériaux, les outils, tout ce qui normalement restait à portée de main pour la reprise du travail aux petites heures le lundi. Et le dimanche suivant, il trouva autre chose de plus à faire et c'est ainsi que plusieurs semaines plus tard, les trois amis n'avaient pas revu Skidis. À compter du premier jour de repos raté, l'attitude du propriétaire ne cessa de se transformer. Les interdictions faites à Constance, d'un côté, et à Koukoulou, de l'autre, les empêchèrent progressivement de se parler. C'est à peine s'ils osaient se sourire des yeux.

Cette nuit-là, Ruest fit sa ronde et constata que tout son monde dormait. Avant de remonter, il repoussa le rideau qui fermait le réduit de Constance. Par le carreau situé au-dessus de son lit entrait un rayon de lune. Il éclairait la jeune fille, qui dormait dans une fragile jaquette de coton, trop grande pour elle, ayant appartenu à la défunte épouse du tonnelier. Son visage, barré de cheveux aussi noirs que la peau du nègre, rayonnait de délicatesse. La peau cuivrée de ses épaules se lissait de perfection jusque sur ses seins qui se dégageaient de l'échancrure du vêtement. Dans la moiteur de la nuit, elle avait repoussé la couverture, et ses cuisses reposaient, paresseusement entrouvertes, sur la paillasse. Une image de candeur, d'innocence, une beauté lascive et provocante. Le maître, qui se tenait là depuis plusieurs minutes à la regarder, le souffle court, faisait de moins en moins la part des choses.

Des pleurs et puis des cris étouffés réveillèrent Koukoulou. Soudain, il sentit qu'on avait besoin de lui, que Constance était effrayée par un oiseau-de-tonnerre.

Debout au pied de l'escalier, alors que Ruest lui criait de se mêler de ses affaires, Koukoulou sentit un flux se libérer de son corps et s'emparer de celui du propriétaire, qui demeura figé et ne put plus faire un geste, à demi courbé sur Constance, le pantalon sur les genoux. Dans un élan de colère animale, féline, Koukoulou se saisit d'une pioche accrochée au mur, et la planta dans le dos du tonnelier. Brusquement, il le rejeta par terre, releva Constance et ils allèrent aussitôt réveiller Jacob, qui dormait encore.

22

Fugitifs !

Quatre silhouettes longeaient peureusement les murs par une nuit de chaleur poisseuse. Quatre esclaves errants qui voulaient éviter de se retrouver sur le chemin des voleurs aussi bien que de la maréchaussée. Vivement, ils disparurent sous la porte cochère par où Skidis avait l'habitude de passer.

— Entrez là, fit-il en poussant des planches qui fermaient en apparence une fenêtre, et n'en ressortez sous aucun prétexte avant que je ne revienne vous le dire.

La maison abandonnée de la rue du Sault-au-Matelot tenait encore debout par miracle. Même les mendiants hésitaient à venir s'y réfugier. Il n'y avait donc pas de risque de se retrouver face à face avec eux par une chaude nuit d'été. On aurait eu plus de chances de les découvrir sur les bords de la rivière.

La peur, rien que la peur habitait les fugitifs. Dans les rayons de lune qui perçaient la toiture, leurs regards révélaient l'affreux précipice dans lequel ils se sentaient partir à leur perte.

— Est-ce qu'il est mort, est-ce que le maître est mort ? demandait sans arrêt Constance.

Koukoulou ne répondait pas. Depuis l'instant où il avait frappé le tonnelier, il s'était enfermé dans un silence étonnant. Il était absent. Toute la colère qui avait monté, toute la rage qui s'était évadée de son corps pour se rabattre sur le dos de Ruest, venait de faucher en lui les dernières pousses de joie à laquelle il avait finalement recommencé de croire.

— Ils vont nous pendre sur la place Royale comme les autres, disait Constance.

Jacob non plus n'était pas très loquace. Il essayait de raisonner sa sœur, sans véritablement trouver les mots qui l'auraient rassurée. Lui-même se disait, en son for intérieur, que des esclaves qui s'en prennent à leur propriétaire sont destinés aux pires châtiments.

Épuisé, chacun se repliait sur soi pour méditer sur le malheur à venir. Bientôt, la lumière du jour naissant envahit la place et des voix commencèrent à se faire entendre dans la rue.

Jacob émergea de sa méditation et se fit optimiste devant sa sœur et son ami :

— Notre chamane va nous sauver, il va trouver.

À la même heure, Desruisseaux se présenta à la tonnellerie pour prendre sa journée de travail. Il découvrit Ruest, affaissé sur la couche de la servante, conscient mais dans un pauvre état. La mare de sang qui l'entourait montrait qu'il était gravement blessé et expliquait son extrême faiblesse. Il courut aussitôt chercher un médecin.

Quelques heures plus tard, le lieutenant de police fut mandé à la demeure du blessé qui reposait dans son lit. Il avait refusé qu'on le transporte à l'Hôtel-Dieu, craignant de n'en pas ressortir vivant. Il expliqua qu'il avait été entraîné dans un guet-apens et victime d'un complot manigancé par ses esclaves. Il réclamait qu'on les rattrape et qu'on les juge pour le crime extrêmement grave d'avoir frappé leur maître, celui qui a autorité sur eux.

— Je demande que le Panis et le nègre soient menés à la potence.

— Et la Panise ?

— Qu'on la mette aux fers et, s'il y a repentir, je consentirai à la reprendre.

— Dans tous les cas, c'est la prévôté de Québec qui rendra jugement, mon bon Ruest, conclut le lieutenant de police.

Mis sur la piste par la victime, qui connaissait les liens existants entre ses Panis et celui de l'aubergiste, Crevier reçut aussitôt la visite de l'officier qui voulait interroger son serviteur, Guillaume.

— C'est pas votre journée, lieutenant, je l'ai envoyé à Sillery à la ferme du chasseur prendre un lot de perdrix pour mes menus. Il ne sera pas de retour avant la dernière heure du jour. Vous repasserez à ce moment-là et je vous promets qu'il vous attendra.

L'officier lui ayant raconté en détail, tout en buvant un, deux puis trois verres de vin, l'attaque dont le tonnelier disait avoir été victime, l'aubergiste ne fut pas long à associer le jeune noir en fuite au dessin cloué sur le mur de son Panis. Il lui revint surtout en mémoire l'émotion qui s'était emparée de monsieur René-Louis, l'artiste, quand il le lui avait montré. Crevier avait compris après coup qu'il devait bien exister un lien particulier entre l'artiste et l'esclave qui avait été le sujet de son portrait. Bien que le premier soit demeuré assez nébuleux sur les circonstances de leur rencontre, il s'était tout de même renseigné sur le sort du second.

Un aubergiste ne connaît pas forcément l'adresse de tous ses clients. Comment retracer celui-là ? se dit-il. Son intuition insistait pour qu'il l'informe au plus tôt du drame survenu à la tonnellerie. Consciencieux, Jean-Baptiste se souvenait de ses clients réguliers. Parmi ceux-ci, il y avait ce monsieur Levasseur, qui dirigeait la construction navale. À l'époque où il travaillait au chantier de la rivière Saint-Charles, il avait pris l'habitude de fréquenter le *Renard Souriant* tous les jours. L'ouverture du chantier du Cul-de-Sac l'avait éloigné, mais il n'était pas une semaine sans venir se régaler. Et c'était lui, l'aubergiste en avait maintenant un souvenir précis, qui avait amené la première fois ce jeune monsieur sympathique, le dessinateur que, à ses manières, on aurait parfois cru de la noblesse. Il s'élança sans attendre vers le chantier.

Levasseur et René-Louis s'étaient mis d'accord. Un émissaire, homme de confiance du chef de construction navale, se rendrait chez le tonnelier pour lui proposer une entente. C'est ainsi que le dénommé Cressé, issu d'une bonne famille, alla deux jours après les incidents retrouver Ruest. Il le découvrit sur ses pieds, un bras en écharpe, la mine affaiblie, mais les idées claires :

— Pas question !

Telle fut la réponse du tonnelier, qui ne voulut pas en démordre. Sans lui dévoiler les noms de ses mandants, l'envoyé du constructeur proposa à Ruest de lui racheter ses trois esclaves au prix payé et, moyennant un montant de cinq cents livres de dédommagement, d'abandonner ses poursuites contre eux aussitôt qu'on les retrouverait.

— Moi, faire plaisir à des prétentieux de la Haute-Ville qui se font des bals toutes les semaines,

qui dilapident l'argent du peuple et qui sont res-
ponsables de toutes les misères et de toutes les
erreurs qui mènent la colonie à sa perte, jamais!
Vous pouvez retourner d'où vous êtes venu, et je
vais m'empresser de dénoncer votre manège au
lieutenant de police.

Ses idées ainsi contrecarrées, René-Louis se
retrouva dans une impasse. Son projet d'affranchir
les trois esclaves avait échoué. Son intention était
même allée jusqu'à retenir les services de Koukoulou
comme domestique, si la chose l'avait intéressé,
quitte à ce que celui-ci le suive en France à la fin
de son mandat. Quant aux deux Panis, ils auraient
été libres de travailler en Nouvelle-France ou de
rentrer dans leur tribu.

Skidis s'était bien tiré de l'interrogatoire de
police. Il avait plaidé l'ignorance, sans pour autant
avoir la certitude que l'officier s'en était retourné
convaincu. Se doutant qu'il risquait d'être suivi, il
confia aux deux jeunes Panis qui appartenaient à
des marchands de la place Royale, et qui partici-
paient à ses rituels chamaniques, le soin de ravi-
tailler les réfugiés de la maison en ruine.

— Skidis m'a demandé de vous dire qu'il va
trouver une solution.

— Ça fait des lunes qu'on se cache, j'ai peur de
ne plus jamais sortir, dit Constance.

— Il faut faire confiance à Skidis. Il va demander à Tirawahat de vous protéger. Et un jour, la paix reviendra sur vous.

— Est-ce que le maître est mort? demanda Jacob.

— Non! Je l'ai vu dans la rue qui allait chez le marchand. Il a attaché son bras et il marche en s'appuyant sur un bâton.

Koukoulou ne disait rien. Depuis la nuit de l'incident, il parlait peu. Constance se tenait près de lui, elle lui confiait ses rares souvenirs d'enfance, lui enseignait ses connaissances des étoiles, ce qu'elle avait appris auprès de Skidis, la légende de la Grande Course, durant laquelle les animaux et les oiseaux s'affrontèrent dans les montagnes bordant les Prairies. Elle lui raconta comment la femme bisonne perdit la bataille contre le faucon, ce qui donna la suprématie aux oiseaux et aux hommes sur les animaux.

— Et les hommes comme nous, quelle bataille ont-ils perdue pour donner la suprématie à d'autres hommes sur eux? demanda un Koukoulou abattu.

Alors qu'il avait presque totalement abandonné l'idée de retrouver sa forêt, Koukoulou fut perturbé par les récits de Constance. Se sachant arrivé à l'âge du passage, à l'âge où il aurait été admis parmi les chasseurs, il se sentait plutôt redevenir un petit enfant abandonné, le cœur inondé comme les pistes à la saison des pluies.

Constance lui avoua qu'elle aimerait rentrer dans sa tribu. Il tentait de se consoler en accueillant dans son cou la tête de celle qu'il ne voulait pas voir partir.

René-Louis avait jusque-là été réticent à partager ses inquiétudes au sujet des trois jeunes esclaves avec Nathalie-Christelle. Un soir, n'y tenant plus, il lui fit part de ses intentions :

— Arracher des hommes et des femmes à leur continent et les vendre comme des objets m'a causé de profonds remords. Si je ne sauve pas ce jeune Ngbaka, je demeurerai honteux toute ma vie.

— Mais est-ce que tu courrais le risque de contrevenir à la justice, mon chéri ?

— Le commerce des humains est légal, mais immoral ; je crois que je peux aujourd'hui faire un geste moral et qui sera illégal seulement parce que la loi est inique. L'homme qui a été blessé détenait un droit de propriété en vertu d'une règle qui n'a pas sa raison d'être, affirma-t-il.

— J'admire ta droiture, et je te soutiendrai quoi que tu entreprennes, dit sa femme.

— Demain, j'irai rencontrer l'aubergiste qui m'a le premier alerté. Il a à son service un Panis qui saura sûrement m'éclairer.

Le lendemain matin, dans la salle au fond de l'auberge, René-Louis se retrouva en tête à tête avec

Crevier et Guillaume, l'esclave, que son propriétaire ne connaissait pas sous le nom de Skidis. Celui-ci, se sentant en confiance, expliqua aux deux hommes blancs comment il avait fait la connaissance de Koukoulou, sa présence à la cérémonie du solstice d'été, et pourquoi le jeune noir lui avait fait cadeau du dessin qu'il avait déposé sur la table devant eux.

— Ils sont cachés dans une maison abandonnée, sauf qu'ils devront bientôt se trouver une autre cachette. Les jours sont plus courts, les nuits sont plus froides et ils risquent d'être découverts par des mendiants qui viendront se mettre à l'abri. Je n'ai pas trouvé comment les faire fuir, s'inquiéta Skidis.

À cet instant, René-Louis jugea que le temps était venu de faire part de son plan à l'aubergiste et à son obligé :

— Je n'aurai pas de difficultés à convaincre un capitaine pour qu'il embarque clandestinement le jeune noir à destination de la France. De là, je sais comment le rapatrier à l'embouchure du fleuve Niger. Puis, je ne vois pas non plus de problèmes à faire partir les deux Panis vers leur terre. Un équipage de la Marine s'en ira très bientôt vers les Grands Lacs.

La police démontrant peu de zèle dans son enquête, il fut convenu que René-Louis et Skidis se retrouveraient au coucher du soleil pour informer les trois fugitifs sans grand risque d'être suivis.

Dans la quiétude du crépuscule, une frayeur parcourut Constance, Jacob et Koukoulou lorsque les planches obstruant la fenêtre par laquelle on accédait à leur cachette se mirent à bouger. Ils craignirent d'avoir été découverts jusqu'à ce que la voix de Skidis les rassure. La présence d'un blanc étonna le frère et la sœur.

Tout de suite, Koukoulou sut à qui il avait affaire : l'officier du *Vent d'Armor*, celui qui avait vu disparaître le léopard, le magicien du papier-miroir à qui il avait volé ses mots. Dès son arrivée, la manifestation d'un flux, d'une force de la même intensité que celle que lui avait apportée le chamane s'était fait sentir. À l'évidence, ces deux-là transportaient autour d'eux des couleurs, des vibrations qui le mettaient en confiance. Pourtant, il aurait eu toutes les raisons de se méfier du blanc qui avait assisté sans rien dire à son achat par le planteur dans l'île de la douleur. Pour la première fois depuis la nuit où il avait attaqué le tonnelier, Koukoulou sentit qu'il respirait mieux, que son corps se redressait, que le besoin de bouger devenait plus grand que le dégoût de la vie, de toutes ces trahisons qui le faisaient se replier sur lui-même.

René-Louis s'avança vers Koukoulou et lui tendit les bras. Une courte accolade marqua leurs retrouvailles ; l'espace d'une seconde, l'artiste sentit comme une détente secouer le corps du petit Ngbaka devenu un jeune homme trapu.

— Skidis, mon grand frère, a fait de moi un
Panis, et je partirai avec Constance pour vivre chez
les siens. Je chasserai le bison avec Jacob, et nous
danserons pour célébrer Karariwari. C'est ce que les
yanda, qui m'ont parlé l'autre nuit, m'ont autorisé
à faire, ajouta Koukoulou.

La réponse de Koukoulou à sa proposition
étonna René-Louis. La joie que manifesta Constance
lui fournit l'explication qui manquait. Avant de se
laisser déborder par l'émotion, chacun convint qu'il
fallait organiser leur fuite sur-le-champ. Moins
d'une heure plus tard, un canot les conduisit au
chantier du Cul-de-Sac pour éviter de repasser par
les rues de la Basse-Ville, en particulier par la rue
Sous-le-Fort.

Avec la complicité de Levasseur, et fort de son
amitié, René-Louis aida ses protégés à monter à
bord d'un voilier dont l'équipage projetait de se
rendre à Michillimakinac, à l'extrémité du lac des
Hurons, avant les neiges. Constance, Jacob et
Koukoulou passeraient l'hiver dans le fort en compagnie de Skidis, que l'aubergiste, sur l'insistance
de René-Louis, avait décidé d'affranchir pour qu'il
parte avec ses amis. L'été venu, ils poursuivraient
leur route jusqu'aux plaines du Nebraska. Au pied
de la passerelle, René-Louis salua Koukoulou et,
cette fois, ils se regardèrent en hommes libres.

Lexique

Adja : Ethnie du golfe de Guinée, vivant au sud du Togo et du Ghana d'aujourd'hui.

Affourcher : Mouiller sur deux ancres disposées en V. (La deuxième ancre est l'ancre d'affourche.)

Aiguade (faire) : s'approvisionner en eau douce.

Ajoupa : Aux Antilles, c'est un petit abri.

Amacorné : Mot d'argot pour dire qu'un homme et une femme vivent ensemble sans être mariés.

Ancre : Ici, tonnelet d'eau-de-vie. L'ancre est une unité de mesure.

Apatam : Construction légère au toit en feuille de palmier ou en paille.

Artimon (mât d') : Le mât le plus à l'arrière du bateau.

Bambara : Nom d'une ethnie et d'une langue mandingue, parlée principalement au Mali d'aujourd'hui.

Banc d'âne : Banc de menuisier. Il comporte un levier permettant de maintenir la pièce de bois sur laquelle on travaille.

Barre : Sur la côte ouest de l'Afrique, c'est une ligne de brisants, toujours dangereuse et difficile à franchir.

Beaupré : Mât oblique plus ou moins incliné et dépassant de l'étrave.

257

Bois d'ébène : Jusqu'en 1865, date de l'abolition de l'esclavage aux États-Unis, c'est l'appellation donnée aux esclaves, hommes et femmes noirs, qui sont considérés comme des marchandises.

Bonite : Poisson apparenté au thon et très goûteux.

Bordée : Portion d'un équipage rattachée soit à tribord soit à bâbord pour le service des quarts.

Boucaut : Baril en bois utilisé pour le transport de certaines marchandises sèches, type riz, tabac…

Boujaron : Petit récipient en fer blanc de $1/16$ de litre pour servir à chacun sa ration d'alcool.

Bourbon : Nom de l'île de la Réunion, avant 1793.

Bout' : Simple cordage. Quand on prononce ce mot, on fait entendre le « t ».

Brasse - Mesure de longueur, l'ancienne brasse française était de 1,624 mètre. L'encablure n'est pas un multiple exact de la brasse.

Brick : Navire à deux mâts, à voiles carrées.

Cadre : Châssis en bois recouvert de toile et servant de couchette.

Calfat : Ouvrier qui garnit d'étoupe les coutures entre les virures d'un navire, afin de les rendre étanches.

Calfat (chaise de) : Planchette suspendue à deux cordages en patte d'oie, pouvant servir de siège à une personne que l'on affale le long du bord.

Cambuse : Local où se fait la distribution des vivres.

Capuron : Coiffure grossière, souvent taillée dans un sac, que portaient les gabariers (navigateurs), les débardeurs et autres arrimeurs sur le port de Nantes.

Caque : Barrique à harengs, à poissons.

Caraïbes : Peuple qui vivait seul aux Antilles et dans une partie de la Guyane, avant l'arrivée des Européens.

Carré : Salle commune d'un navire servant quelquefois de salle à manger.

Cassave : Manioc.

Cauri : Coquillage de l'océan Indien qui servait autrefois de monnaie en Afrique.

Coq : Cuisinier de l'équipage.

Cotriade : Plat de légumes et poissons.

Coutumes : Versement du tribut habituel aux autorités noires locales afin de pouvoir commencer la traite.

Dalot : Orifice pour l'écoulement des eaux du pont d'un navire.

Dangbé : Dieu-serpent du peuple fon du Dahomé, le sud du Bénin d'aujourd'hui.

Débouquement : Le fait de débouquer, sortir de l'embouchure d'une rivière pour gagner la mer libre.

Doler : Aplanir, amincir, équarrir.

Drisse : Cordage servant à hisser les voiles.

Droiture : Voyage direct d'Europe aux Antilles.

Dunette : Sorte de château à l'arrière du navire, servant de logement aux officiers.

Écoutille : Ouverture pratiquée dans le pont et refermée par un panneau.

Élingue : Cordage destiné à entourer un objet pour le monter à bord d'un navire.

Encablure : Mesure de longueur correspondant à peu près à 200 mètres ou 120 brasses.

Encalminé : Être encalminé, c'est rester sans faire de route, faute de vent.

Encaquer : Mettre des poissons en caque. Encaqué signifie aussi « serré, entassé ».

Enfléchure : Nom donné à chacune des traverses fixées sur les haubans. Ainsi garnis, les haubans sont transformés en échelles au moyen desquelles on monte en haut des mâts.

Enseigne : Sur les navires négriers, c'était le plus souvent un apprenti officier. Mais il arriva comme c'est le cas ici qu'il fût le troisième officier du bord.

Factorerie : Lieu de traite, avec bâtiments, où sont parqués les esclaves en attendant d'être vendus.

Ferler : Relever les voiles carrées sur leur vergue.

Flûte : Navire de charge à fond plat, gros et lourd, à la poupe ronde. Il est très employé pour la navigation commerciale.

Fon : Le peuple fon vivait et vit toujours au sud du Togo et du Bénin d'aujourd'hui.

Fosse (la) : La Fosse était, à Nantes, l'espace entre « la rivière de Loire » et les beaux immeubles du XVIIIᵉ siècle, avant la construction des quais en bois puis en pierres au XIXᵉ siècle.

France (île de) : Nom donné à l'île Maurice par les Français qui l'occupèrent de 1715 à 1810.

Futaille : Barrique où l'on met du vin, de l'eau ou d'autres boissons.

Gabier : Matelot de pont affecté principalement à la manœuvre de la voilure.

Gaillards : Parties du pont surélevées, situées soit à l'avant soit à l'arrière.

Gbadouma : Danse traditionnelle des gens de l'eau.

Gboudou-ngago : Plat de légumes.

Goélette : Voilier à deux mâts et à voiles auriques.

Gorée : Petite île du Sénégal, située à quelques encablures de la ville de Dakar. Ce fut un lieu de traite. C'est aujourd'hui un des principaux lieux de mémoire.

Gréement, gréer : Le gréement d'un navire, c'est l'ensemble de ses voiles, cordages, poulies, espars. Gréer un navire, c'est l'équiper de tout ce matériel.

Habitant (l') : C'est un mot générique qui désigne un planteur. L'habitation est la plantation.

Haubans : Nom des gros cordages capelés (avec une boucle) à la tête des mâts et leur servant d'appui latéral.

Hunier : Voile carrée placée immédiatement au-dessus de la basse voile.

Ibo : Peuple du Nigéria, vivant dans une région d'épaisses forêts, de palmeraies et de terres marécageuses situées de part et d'autre du fleuve Niger.

Igname : Tubercule (comme la pomme de terre) consommée comme légume en Afrique et en Océanie.

Indes (retour des) : Vente annuelle des marchandises rapportées par les navires de la Compagnie des Indes.

Indiennes : Ici étoffes de coton décorées servant à la traite.

Iroko : Arbre tropical fournissant un bois dur utilisé en charpenterie de marine et en construction.

Jabadao : Danse bretonne.

Jusant: Marée descendante.

Kangoya: Vin de palme en langue sango.

Kig ha farz: C'est une sorte de pot-au-feu breton à base de farine de blé noir.

Lieue: Ancienne mesure de longueur valant environ quatre kilomètres.

Likoundou: Sorcier qui vit sur la colline de Bazoubangui ou dans la forêt de l'actuelle République centrafricaine.

Linga: Tamtam traditionnel.

Lingui: Talisman.

Lisse: Pièces de bois couronnant le pavois d'un navire, c'est-à-dire la construction qui monte autour du pont pour le défendre de la mer.

Loudou: Danse traditionnelle des gens de la forêt.

Mahis: Groupe appartenant à l'ethnie Fon, implanté dans la région de Savalou dans l'actuel Bénin.

Ma doué biniguet: «Mon Dieu bénissez-nous», en breton.

Maître d'équipage: C'est lui qui commande les manœuvres sur le pont. Il est sous les ordres du capitaine ou du second capitaine.

Makongo: Chenille

Maladie de Siam: Fièvre jaune.

Malangas: Plante commune des Antilles, aux larges feuilles lisses, dont on consomme la racine exactement comme l'igname.

Mandingue: Peuple d'Afrique de l'Ouest. L'empire Mandingue fut un des grands empires d'Afrique sous l'empereur Soundjata.

Margouillat : Lézard d'Afrique souvent très coloré.

Mimbo : Esprit du piégeage selon les croyances de la religion d'origine des Ngbakas.

Mion : Petit garçon (argot).

Moabi : Dans les forêts tropicales d'Afrique, grand arbre à la cime en parasol.

Morne : Mot créole qui désigne aux Antilles une petite montagne arrondie.

Montènguènè : Danse traditionnelle des gens de l'eau.

Moundjou-kpaké : Homme blanc.

Mukulungui : Arbre de la forêt équatoriale africaine.

Négritte : Petite fille noire africaine.

Nganga : Petit peuple de la forêt, qui par de nombreux aspects ressemble aux korrigans de la Bretagne, région à l'ouest de la France.

Ngbaka : Peuple de la forêt équatoriale d'Afrique, vivant dans la République centrafricaine d'aujourd'hui.

Ngbako : Bière de maïs.

Ngbaoudé : Grosse banane plantain.

Novice : À bord des négriers, un novice est généralement âgé de seize à vingt-cinq ans. Ce grade est donné à celui qui a appris à manœuvrer un vaisseau.

Nyama : Terme bambara pour désigner les génies-esprits qui sont souvent appelés aujourd'hui djinns, sous l'influence de l'Islam.

Ouidah : Petite ville de la côte de l'actuel Bénin. Ce fut l'un des principaux lieux de traite de la Côte des Esclaves, où se fournirent surtout les navires français.

Paillacat: Palghat, ville du Kérala, en Inde.

Panis: Tribus amérindiennes des plaines du Sud des États-Unis, installée à l'ouest de l'Oklahoma.

Pavois: Prolongement de la coque au-dessus du pont pour défendre le navire à la mer.

Pendelou: Mot de la langue bambara. Petit pagne, sous-vêtement.

Perroquet: Voile carrée supérieure au hunier.

Pierrier: Petit canon de marine qui lançait des balles et de la mitraille.

Pilotin: Élève officier.

Plane: Lame à une ou deux poignées qui, en menuiserie, sert à dégrossir le bois.

Quart: À bord des navires, temps de veille ou de service effectif, de jour ou de nuit.

Radoub (radouber): Calfatage, carénage et révision de la coque d'un navire mis au sec.

Rigoise: Cordage servant de fouet.

Ris: Plis que l'on fait dans la voile pour en diminuer la surface.

Rolle: Vieux mot utilisé à la place de «rouleau».

Salampouri: Cotonnade provenant de la côte de Coromandel.

Senau: Navire dont le gréement ne diffère de celui du brick ordinaire que par un mâtereau établi derrière son grand mât, qui porte le nom de mât de senau.

Souliers de bœuf: Autrefois au Québec, chaussures de fabrication domestique sans semelles et faites de cuir de bœuf à la manière amérindienne.

Subrécargue: C'est à bord des bateaux le représentant de l'armateur.

Tafia: Dans les Caraïbes, eau-de-vie de canne à sucre.

Talimbi: Hommes malfaisants communément appelés hommes-crocodiles, dotés de pouvoirs de dédoublement en caïmans et qui peuplent le fleuve Oubangui.

Toc de toile: Se dit quand un navire porte toute sa toile.

Toise: Ancienne mesure de longueur qui faisait 6 pieds (à Paris 1,949 mètre).

Truie: Au Québec, petit poêle à bois fait d'un fût métallique placé horizontalement sur quatre pieds.

Yanda: Esprits de la forêt, en Afrique Centrale, dans la région de l'actuelle République Centrafricaine.

Yoruba: Population africaine qui vivait (et vit toujours) dans le sud de l'actuel Nigéria.

Yovogan: Mot de la langue fon, qui veut dire «chef des blancs». C'est lui qui vérifiait la traite, à Ouidah.

Biographie des auteurs

Romain Bally-Kenguet Sokpe est né à Bangui en République Centrafricaine.

Artiste pluridisciplinaire, il a fait ses débuts au théâtre en 1994, ce qui lui a donné le goût de la plume, qui s'est mué en une folle passion d'écriture : il a à son actif une quinzaine de pièces théâtrales.

Romain Bally-Kenguet Sokpe a plusieurs cordes à son arc, puisqu'il écrit dans divers genres littéraires tels que roman, poésie, nouvelle, essai, conte et scénario. En 2005, il a fait la connaissance de l'écrivain français Yves Pinguilly pendant un atelier d'écriture à Bangui. C'est cette rencontre qui a amorcé un grand tournant dans sa carrière littéraire en l'incitant à se lancer dans la littérature jeunesse et le roman policier.

Féru de littérature engagée, il a également créé, en 2005, le groupe de rap « La Voix des Sans Voix », dont il est le parolier. En 2008, il a été le président fondateur du Cercle des écrivains de Centrafrique. Scénariste, il a dans sa besace plusieurs projets de court et long métrage, de documentaire et de feuilleton.

Né entre la mer et les falaises de la Gaspésie, **Bernard Boucher** a retenu de son pays natal le goût de l'horizon infini des voyages et celui de raconter des histoires, particulièrement celles inspirées des contes et légendes entendus dans l'enfance. À dix-sept ans, il a quitté la Gaspésie, mais avec le sentiment de ne l'avoir encore jamais quittée.

Durant plus de trente ans, il a participé activement à la vie culturelle québécoise dans des rôles administratifs. Pendant ces années, il a publié une dizaine de livres, principalement pour la jeunesse.

À la fin des années quatre-vingt, il a commencé à découvrir l'Afrique, sa magie et son amitié. Plus récemment, ses voyages l'ont amené en Bretagne, qui l'a ébloui de beauté et où il a retrouvé la mer. Ses projets d'écriture puisent à sa terre d'origine et à la mémoire de sa parole.

Né à Brest, **Yves Pinguilly** a grandi à Nantes, en France.

Adolescent, il est marin et navigue sur plusieurs cargos. À dix-sept ans et demi, il boucle son premier tour du monde.

À vingt et un ans, il pose son sac à Paris. Aujourd'hui, il a publié plus de cent vingt titres jeunesse et quelques romans adultes.

LES PRISONNIERS DU VENT

Breton de souche, amateur de beurre salé et de galettes de blé noir, il se dit « étranger professionnel », tant il aime parcourir le monde et surtout l'Afrique où il voyage depuis presque quarante ans comme consultant et aussi pour parler de ses propres œuvres.

Barde par héritage, il est devenu griot par métissage. Quarante-cinq de ses livres disent l'Afrique du sud du Sahara.

Yves Pinguilly est traduit dans une quinzaine de langues. Il est lauréat de nombreux prix littéraires dont un prix de l'Académie française.